Finny Ludwig

Kekse
Küsse
Mühlenzauber

Sweet Kiss

- 1 -

AF201051

Buch

Viktoria Beck träumt schon viele Jahre davon: ein eigenes Café. Schließlich ist Backen nicht nur ihr Beruf, sondern auch ihre Leidenschaft. Dem Zauber der alten Mühle kann sich die sympathische Konditorin daher nicht entziehen, denn es ist der perfekte Ort, an dem sie ihre Träume wahr werden lassen kann. Sie wagt den großen Schritt und fühlt sogleich, dass das alte Gemäuer ihr eine neue Heimat ist und ein neuer Lebensabschnitt begonnen hat. Mit neu gewonnenen Freunden an ihrer Seite und einem florierenden Geschäft scheint ihr Glück perfekt – bis sie an einem Abend längst verdrängte Erinnerungen einholen.

Leonard Hofer ist skeptisch. Seine Familie vertraut einer unbedarften, kleinen Konditorin ihre alte Mühle an. Werden sie mit dieser Entscheidung das Vermächtnis seiner Großmutter weiterhin bewahren können? Als er selbst in den Genuss von Viktoria Becks Backkünsten kommt, legen sich seine anfänglichen Zweifel. Die süße Versuchung lockt ihn immer wieder in die alte Mühle, bis er einer Versuchung zu viel nachgibt – und einen Korb von Vicky erhält. Gibt es einen anderen Mann? Wer ist es? Etwa sein Bruder David? Leonard ist sich sicher, dass es noch mehr gibt, was sie vor ihm verbirgt.

Finny Ludwig

Kekse

Küsse

Mühlenzauber

Sweet Kiss

– 1 –

Liebesroman

Impressum

Bibliografische Information der Deutschen Nationalbibliothek: Die Deutsche Nationalbibliothek verzeichnet diese Pub-
likation in der Deutschen Nationalbibliografie; detaillierte
bibliografische Daten sind im Internet über http://dnb.dnb.de
abrufbar.

Lektorat: Dorothea Kenneweg | lektorat-fuer-autoren.de
Korrektorat: SKS Heinen | sks-heinen.de
Cover-/Umschlaggestaltung: Buchgewand Coverdesign |
www.buch-gewand.de
Verwendete Grafiken: Schutterstock.com (Moriz, Hein Nou-
wens), Despositphotos.com (cajoer, Ashva)

Herstellung und Verlag: BoD – Books on Demand,
Norderstedt
ISBN: 978-3-7504-2346-6

- Menschen sind unverwechselbare Originale –

Finny & Ludwig

PROLOG

Wärmende Sonnenstrahlen fielen durch das bunt gefärbte Laub der Baumwipfel. Die angenehme Ruhe, die im Wald herrschte, wurde lediglich durch das leise Knacken von Ästen und das Rascheln von Blättern unterbrochen – verursacht von Vickys wenig geländetauglichen, dafür aber hochglanzpolierten Lack-Halbschuhen.

Sie hielt inne, blickte zum Himmel und sog jeden einzelnen Sonnenstrahl in sich auf, den sie erhaschen konnte.

Vicky genoss diese Jahreszeit. Die Wälder wurden bunter. Das Klima wurde rauer. Die dicken Winterjacken durften wieder aus dem Schrank geholt werden und man war nie davor gefeit, dass mit dem nächsten Wetterumschwung die ersten Schneeflocken fielen. Dann nämlich kam die Jahreszeit, die Vicky liebte – die Vorweihnachtszeit. Die kitschige Dekoration wurde vom Speicher geholt. Man konnte melancholisch sein und den ganzen Tag alte Weihnachtslieder rauf und runter spielen. Und in ihrer Küche roch es köstlich nach frisch gebackenen Plätzchen. Allerdings roch es in ihrer Küche immer köstlich. Schließlich war sie Konditorin.

Und bis Weihnachten waren es nur noch zehn Wochen.

So gerne sie auch an die Weihnachtszeit dachte, so ungewiss war das, was vor ihr lag. In den letzten Monaten hatte sie mehr Turbulenzen erlebt, als ihr lieb war. Angefangen beim aufdringlichen Verhalten ihres Chefs, das sie über viele Monate erduldet hatte. Vor einigen Wochen hatte er die Grenze überschritten und war während einer Nachtschicht über sie hergefallen.

Unter diesen Umständen konnte sie auf keinen Fall länger für ihn – Clemens Brockmann, den renommiertesten und national berühmtesten Konditormeister – arbeiten. Sie hatte sofort fristlos gekündigt.

Doch all ihre Bemühungen, einen neuen Job zu finden, der sie forderte und in dem sie all ihre Talente und ihr Können verantwortungsvoll einbringen konnte, scheiterten ebenso kläglich, wie es ihr unmöglich war, den Übergriff zu vergessen. Und dabei war sie nachweislich eine der talentiertesten Konditorinnen der Nation. So stand es jedenfalls auf der Urkunde der Konditoreninnung, die sie im Jahr zuvor erhalten hatte und die ihr bescheinigte, sämtliche Zusatzqualifikationen mit Auszeichnung bestanden zu haben. Doch bei allen Gesprächen wurde ihr attestiert, dass sie überqualifiziert für die zu besetzenden Stellen war. Insgeheim hatte sie schon immer davon geträumt, einmal ihr eigenes Café zu eröffnen. Die Überlegung, sich selbstständig zu machen, lag daher auf der Hand.

Vicky deutete es als einen Wink des Schicksals, als ihr die Anzeige der alten Mühle in die Hände fiel. Sie hatte sofort gespürt, dass das alte Gemäuer etwas Besonderes war. Obwohl sie ihre Familie und ihre Freunde hierfür in Frankfurt würde zurücklassen müssen, war sie am frühen Morgen in ihren Wagen gestiegen und mehrere Hundert Kilometer in den Süden

Deutschlands gefahren. Sie war erleichtert, dass ihre Eltern ihre Entscheidung unterstützten. Auch die wenigen Freunde, die ihr durch ihre bisherigen unmenschlichen Arbeitszeiten noch geblieben waren, bestärkten sie in ihrem Entschluss. Sie alle glaubten an sie und ihren Traum, wenngleich sie traurig darüber waren, dass so viele Kilometer zwischen ihnen liegen würden. Doch genau diese Distanz brauchte Vicky jetzt. Vielleicht fiel es ihr dann leichter, Clemens Brockmann und diese eine schreckliche Nacht zu vergessen.

Zu dumm nur, dass es wohl noch weitere Interessenten für die Immobilie gab. Da sie in ihrer Aufregung am Morgen viel zu früh aufgebrochen war, war sie auch viel zu früh an ihrem Ziel angekommen.

Dadurch bot sich ihr jedoch die Möglichkeit, einen Blick auf das Paar zu werfen, das in einem schicken Sportwagen zur Besichtigung vorgefahren kam. Es schien äußerst unwahrscheinlich, dass diese Leute mit der alten Mühle dieselben Pläne verfolgten wie sie. Das extravagante Auftreten der beiden wirkte an diesem Ort unpassend, ja geradezu grotesk.

Das abschätzige Naserümpfen der Frau beim Blick auf das wunderschöne alte Gebäude vermittelte den Eindruck, dass sie sich in dieser Umgebung nicht wohlfühlen würde.

Vicky hingegen malte sich anhand der Fotografien schon seit Tagen aus, wie sie alles gestalten würde, welche Produkte sie vertreiben und welche Köstlichkeiten sie backen würde. In ihrer Fantasie lebte sie bereits in der kleinen Zwei-Zimmer-Wohnung im Obergeschoss und wartete darauf, dass der Wecker für sie klingelte, um sich an die Arbeit zu machen.

Die Wartezeit bis zu ihrem Termin mit dem Immobilienmakler wollte sie sinnvoll nutzen und sich die nähere Umgebung genauer ansehen. Sie folgte dem asphaltierten Weg hinter der Mühle, der sie zunächst am Waldrand entlangführte, vorbei an zahlreichen Wiesen und Feldern. Auf ihrem Weg entdeckte sie auch einen wunderschönen Gutshof in der Ferne und vermutete, dass die Mühle zu diesem imposanten Anwesen gehörte.

Ein undefinierbares Geräusch, es hörte sich beinahe an wie ein Grunzen, riss Vicky aus ihren Gedanken. Erschrocken schaute sie sich um und hoffte sogleich, ihre Augen würden ihr einen Streich spielen. Doch das riesige Wildschwein am anderen Ende des Waldweges war real. So real, dass sie es umgehend mit der Angst zu tun bekam. Wie gut standen ihre Chancen auf eine erfolgreiche Flucht? Konnten Wildschweine eigentlich schnell rennen?

Ein weiteres Geräusch unweit von ihr ließ Vicky aufhorchen. Sie sah einen großen Mann mit Gewehr und Hund auf sich zukommen. Hatte er dieses monströse Wildschwein nicht gesehen? Sollte sie ihn vor dem Tier warnen? Er trug eine Waffe, vermutlich wüsste er sich also zur Not zu helfen.

Oh Gott. Er trägt eine Waffe. Erschreckende Szenen spielten sich vor ihrem inneren Auge ab. Schon einmal war sie in eine vermeintlich ausweglose Situation geraten. Damals hatte sie sich retten können. Dieses Mal sah sie sich gleich mit zwei Kontrahenten konfrontiert. Einem bewaffneten und einem sehr haarigen.

Der Mann kam immer näher. Er war groß und trug eine schwarze Wollmütze. Seinen Schal hatte er bis zu den Mundwinkeln nach oben gezogen. Seine Kleidung war dunkel und robust.

Ein weiteres Grunzen lenkte Vickys Aufmerksamkeit wieder auf das tierische Problem, ehe sie erkannte, dass der Fremde sie zwischenzeitlich beinahe erreicht hatte. Sein Hund lief neben ihm her und knurrte das Wildschwein schon von ferne an. Als der Mann schließlich neben Vicky stehen blieb und langsam den Arm hob, war es um sie geschehen. Vor Angst zitternd, begann sie laut zu schreien und rannte, so schnell es ihr ihre unsportlichen Beine erlaubten, davon. Er folgte ihr nicht – doch ein laut hallender Schuss dröhnte in ihren Ohren.

*

Leonard Hofer saß in seinem Geländewagen. Er warf einen Blick in den Rückspiegel, wo das tote Wildschwein auf der Ladefläche lag. Er war sauer – richtig sauer.

Was hatte dieses hysterische Frauenzimmer in ihren Lackschühchen in seinem Wald zu suchen? Hatte sie sich verlaufen? Und jetzt, da sie einfach davongerannt war, musste er womöglich auch noch nach ihr suchen?

Ein Blick auf seine Uhr verriet ihm, dass er für seinen Termin in der alten Mühle schon wieder einmal viel zu spät dran war. Aber vielleicht hatte dort jemand die Fremde gesehen. Dann hätte sich dieses Problem wenigstens gelöst.

Er stellte seinen Wagen auf dem Parkplatz ab und bedeutete seinem treuen Weggefährten Caruso, dort zu warten. Der Labrador-Retriever-Mischling folgte ihm aufs Wort, sah ihm jedoch traurig hinterher.

Das Rad seiner Mutter lehnte an der Hauswand und durch das Fenster konnte er seine beiden Geschwister entdecken: David und Ellen. Neben ihnen stand Frank Lindner, ein guter, alter Freund der Familie. Der einstige Schulkamerad seiner Eltern stand ihnen schon viele Jahre als Immobilienmakler mit Rat und Tat zur Seite und hatte sich der alten Mühle angenommen.

Fehlten nur noch die eigentlichen Interessenten, zu denen vermutlich dieser aufgemotzte Sportwagen gehörte, der gleich zwei Parkplätze für sich beanspruchte. Dessen Besitzer konnte Leonard bisher nicht ausmachen.

Sobald er durch die hölzerne Eingangstür eingetreten war, zog er seine Mütze vom Kopf und öffnete seine Jacke. Zielstrebig steuerte er seine Mutter an und küsste ihre Wange.

»Du bist zu spät«, flüsterte sie ihm ein wenig anklagend ins Ohr. Seine Mutter wusste, dass er stets die Zeit vergaß, wenn er im Wald unterwegs war.

»Entschuldige bitte.« Er drückte kurz ihre Hand, schaute sich suchend nach den Interessenten um und wandte sich an seine Geschwister. »Und? Kommen die Leute infrage?«

Ellen und David traten einen Schritt auf Leonard und ihre Mutter zu. »Am besten, du hörst es dir selbst an«, meinte David und deutete zum Nebenraum.

Leonard hörte fremde Stimmen, doch ehe er sich in Bewegung setzen konnte, um sich das Paar genauer anzusehen, kehrten die beiden bereits in den großen Gastraum zurück.

»… und dann reißen wir die Wand ein und diese dort drüben auch. Ach was sag ich: Das ganze Interieur müsste raus. Ich sehe auch schon die Lichtinstallationen und die Edelstahlelemente vor mir. Auch dieser Boden«, der Mann im Anzug stampfte kurz mit den Beinen auf den Jahrhunderte alten Steinboden. »Der müsste auf jeden Fall auch erneuert werden.«

Die Blondine an seiner Seite nickte zustimmend und kräuselte beim Blick auf die alte Kommode im Gastraum ihre rot geschminkten Lippen.

»In Ordnung. Und wer von Ihnen würde die Backstube betreiben und für die Bewirtung der Gäste sorgen?« Leonard ahnte bereits, worauf die beiden Interessenten abzielten.

»Um Gottes willen. Wir stehen doch nicht selbst hier im Laden.« Die Frau im Pelzmantel starrte Leonard entrüstet an. »Wir besitzen zahlreiche Cafés in den umliegenden Städten und arbeiten mit den besten Bäckereien zusammen. Hier muss niemand mehr selbst backen.«

Leonard wusste, dass sich ein reines Café in dieser Gegend nicht rechnen würde. Daher mutmaßte er, dass die Stadtmenschen von dem Golfplatz erfahren haben mussten, den ein Hotelmagnat in der Nähe der Mühle zu bauen beabsichtigte. Allerdings, da war er sich sicher, würden diese Pläne nie umgesetzt werden. Dafür wären nämlich Grundstücke seiner Familie notwendig. Und die Hofers würden ihr Land nie freiwillig hergeben.

David schüttelte resigniert den Kopf und blickte zu seinem älteren Bruder. »Verstehst du jetzt, was ich meine?«

»Es wird Zeit, dass wir den Spuk hier beenden.« Leonard setzte sich auf einen der alten Tische und ließ seine Beine baumeln. Ein Blick in die Gesichter seiner Familie verriet ihm, wie wenig begeistert sie von der Vorstellung waren, dass in diesen alten Gemäuern ein modernes Fließbandcafé entstehen sollte.

»Herr Lindner«, sprach er Frank betont förmlich an, obwohl er doch schon seit seinen Kindertagen zu den engsten Freunden der Familie zählte, »wir haben uns entschieden, die Mühle nicht an Ihre Klienten zu verpachten.«

Frank atmete erleichtert auf, ließ sich den Interessenten gegenüber jedoch nichts anmerken.

»Nun, Sie haben es gehört, Herr Kaminski. Familie Hofer hat sich entschieden.«

»Aber das ist doch …« Der Maßanzug des Mittvierzigers schien beinahe aus seinen Nähten zu platzen, als dieser sich aufplusterte und sein Gesicht die Farbe einer Tomate annahm.

»Das ist ja wohl die Höhe. Wie können Sie es wagen? Wir haben Ihnen ein mehr als faires Angebot gemacht.«

Leonard schmunzelte. »In Anbetracht der Pläne zu dem neuen Golfplatz wäre ich an Ihrer Stelle mit dem Wort *fair* ein wenig vorsichtiger.«

»Ich … Ich …« Hilflos blickte sich der Mann um, doch auch seine Frau schien wie vom Donner gerührt. Aufgebracht setzte er zum Rückzug an. »So etwas ist mir ja noch nie passiert. Komm, Liebling, wir gehen.« Ehe er aus der Tür verschwand, drehte er sich noch einmal zu dem Immobilienmakler um. »Und mit Ihnen sind wir fertig. Wir werden uns nach einem kompetenteren Makler umsehen.« Er zog seine Frau hinter sich her und ließ die Tür mit einem lauten Knall ins Schloss fallen.

»Die sind wir los.« Leonard klatschte in die Hände und stieß sich vom Tisch ab. »Oma hatte im Küchenschrank immer noch eine Geheimration Kräuterschnaps. Möchte jemand einen?« Sämtliche Hände schossen in die Höhe und Leonard trottete in die Küche, die an das Ladenlokal anschloss.

Während er die Schränke durchstöberte, öffnete sich die Eingangstür erneut und eine junge Frau trat ein. Sie wirkte nervös und auch ein wenig verstört. Ihre langen braunen Haare waren zerzaust, Laub hatte sich darin verfangen. Und an ihren polierten Lackschuhen klebten Dreckklumpen.

*

»Entschuldigen Sie bitte die Störung. Mein Name ist Viktoria Beck. Ich habe hier einen Termin mit Herrn Lindner.«

Ein stattlicher Mann mit grauen Schläfen im noch vollen Haar trat auf sie zu, reichte ihr die Hand und stellte sich Vicky als Frank Lindner vor.

»Frau Beck, sehr angenehm.« Er bat sie, weiter einzutreten, und deutete zu den Personen, die sich ebenfalls im Raum befanden. »Darf ich Sie auch gleich mit Familie Hofer bekannt machen? Familie Hofer gehört dieses Anwesen und sie suchen nach guten Händen, in die sie dieses historische Gebäude übergeben können.«

Vicky nickte Familie Hofer zu, dann begannen ihre Augen zu leuchten, als sie sich langsam drehte und sich ein erstes Mal umsah. Sie hatte selten einen Raum mit so viel Charme gesehen. Allein die alte Einrichtung hatte es ihr sofort angetan. Wenn es die Liebe auf den ersten Blick gab, dann erlebte sie sie in diesem Moment.

»Leo, kannst du mal kurz kommen.« Die jüngere der beiden Frauen – Vicky schätzte sie ein wenig älter als sie selbst ein – rief in den Nebenraum.

Vickys Blick folgte dem Geklapper, das von dort zu ihnen drang. Als eine dunkle Gestalt im Türrahmen erschien, hörte ihr Herz für einen Augenblick auf zu schlagen. Sie musste in eine Art Schockzustand gefallen sein, denn sie konnte sich keinen Millimeter bewegen. Nicht einmal, als der Mann auf sie zukam und dicht vor ihr stehen blieb.

»Sie? Was um alles in der Welt haben Sie sich dabei gedacht, einfach loszurennen? Das Wildschwein hat postwendend zur Jagd auf Sie angesetzt.« Er sah wütend aus. »Nun?«

»I-ich …«

Plötzlich dämmerte es Vicky, dass sie es nicht mit einem Gewaltverbrecher zu tun gehabt hatte, sondern nur mit einem kaltblütigen Tierkiller, dem sie an diesem Tag in die Quere gekommen war.

»Ist Ihnen schon einmal in den Sinn gekommen, dass ich nicht vor dem Tier, sondern vor Ihnen geflüchtet sein könnte?«

»Was? Vor mir?« Der grimmige Kerl wirkte jetzt verwirrt.

»Wie würden Sie sich fühlen, wenn eine wildfremde, vermummte Person im Wald auf sie zukommt und noch dazu bewaffnet ist? Haben Sie überhaupt eine Ahnung, wie viel Angst ich hatte?«

»Sie hatten Angst vor mir und nicht vor dem Wildschwein?«

»Natürlich hatte ich auch vor dem Wildschwein Angst, aber das hätte mich wenigstens nicht erschießen können.«

»Lasst mich raten. Ihr seid euch schon einmal begegnet.« Die ältere der beiden Frauen trat zu dem Mann und legte ihre Hand auf seine Schultern. »Frau Beck, glauben Sie mir: Mein Sohn würde Ihnen nie ein Leid zufügen.«

Das war also Frau Hofer. Der unliebsame Tierkiller war demnach ihr Sohn und die beiden anderen, die vor sich hin grinsten, seine Geschwister.

Er schien noch etwas hinzufügen zu wollen, doch seine Mutter kam ihm zuvor und bat ihn, für Vicky ein weiteres Schnapsglas aus dem Küchenschrank zu holen.

EINS

Vicky sank erschöpft auf die Bank, die vor der alten Mühle stand, und blickte zum Wald. Die Sonne ging langsam unter und tauchte die Umgebung in wundervolles rotes Licht.

Die letzte Woche war stressig gewesen. Sie hatte ihre Wohnung gekündigt, ihren Umzug organisiert, mit der Bank noch ein paar Einzelheiten geklärt, neues Interieur für ihre Backstube gekauft und allerhand kleine, dekorative Veränderungen in dem Haus vorgenommen, das von nun an ihr Zuhause sein würde. Heute waren endlich ihre Möbel gekommen, und nun konnte sie erstmals in ihrem neuen Heim übernachten und musste nicht mehr zur Pension ins zwei Kilometer entfernte Dorf zurück pendeln.

Die meisten ihrer Schränke hatte sie bereits eingeräumt. Kunststück – so viel besaß sie nun auch wieder nicht. Ein Großteil davon waren Küchenutensilien, die sie schon Tage zuvor mit ihrem eigenen Wagen hierher mitgebracht hatte.

Ellen trat aus dem Haus und reichte ihr ein Glas Sekt. »Ich finde, wir sollten anstoßen. Worauf willst du trinken?«

Vicky hatte in Ellen Hofer eine wahrhaft Verbündete gefunden, die Süßes ebenso liebte wie sie selbst. Leider besaß ihre neue Freundin keinerlei Talent, was die Herstellung ihrer liebsten Speisen anbelangte.

»Darauf, dass ich hier nicht nur ein Zuhause gefunden habe, sondern auch ganz liebe Menschen.«

»Redest du von mir?« David trat ebenfalls aus dem Haus und ließ sich neben Vicky auf die Bank fallen. »Deine Waschmaschine sollte jetzt funktionieren. Ich habe jedenfalls mein Bestes gegeben.«

»Ich danke dir.« Vicky lächelte ihn an. Auch David hatte sich in den letzten Tagen als Freund erwiesen und sie bei allerhand schwerer Arbeit unterstützt. Na gut, Leonard Hofer war auch stets dabei gewesen, doch seine Laune ihr gegenüber schien sich nach dem Wildschwein-Vorfall noch nicht gebessert zu haben. Ihre aber auch nicht.

»Soll ich dir auch ein Glas Sekt holen?« Ellen schien bereits auf dem Sprung, doch David verzog das Gesicht.

»Das scheint mir doch eher ein Damengetränk zu sein.« Er zwinkerte Vicky zu. »Eine Ladung Schokocookies wäre mir lieber.«

Vicky lachte herzhaft. »In der Küche sind noch welche. Bedien dich!«

Begeistert machte sich David auf den Weg in die Küche, nur um wenig später mit einer leeren Keksdose zurückzukommen. »Sag mir bitte, dass du noch ein weiteres Versteck hast.« Die Enttäuschung stand ihm ins Gesicht geschrieben.

»Das ist ja seltsam. Ich war mir sicher, ich hätte heute Mittag noch welche gehabt.« Sie grübelte. Der Einzige, der sich kurzzeitig alleine in der Küche aufgehalten hatte, war Leonard, der auf dem alten Küchentisch eine neue Arbeitsplatte befestigt hatte. Hatte ausgerechnet er, der ihr gegenüber äußerst wortkarg und kurz angebunden war, sich tatsächlich an ihren Keksen vergriffen?

»Weißt du was? Ich back dir heute Abend noch eine Ladung frische Cookies. Einverstanden?«

»Jetzt gleich?« Davids Begeisterung legte sich, als er Vickys bedauernde Miene erblickte.

»Ich muss noch einige Unterlagen für die Termine mit den Zulieferern durchgehen.« David tat ihr beinahe schon leid, doch sie freute sich, dass er innerhalb dieser kurzen Zeit so begeistert von ihrem Gebäck war. »Ich mache sie fertig und hänge sie dir morgen früh, bevor ich losgehe, an die Haustür.«

Ellen trank den letzten Schluck Sekt aus ihrem Glas. »Um Gottes willen. Um welche Uhrzeit willst du denn morgen los?«

»Ich möchte spätestens um halb fünf losfahren.« Auch Vicky nippte erneut an ihrem Glas.

»Willst du den Bauern vor den Gesprächen noch im Stall helfen oder weshalb fährst du so früh?« David pickte mit den Fingern die letzten Krümel aus der Keksdose.

»Die Termine mit den Bauern sind erst nachmittags. Bis dahin muss ich wieder zurück sein.« Ein schwärmerisches Lächeln umgab ihren Mund. »Ich habe einen Händler aufgetan, der exklusiven Kaffee, Tee und Kakaobohnen vertreibt. Leider ist er nicht gerade hier um die Ecke. Doch für diese Verkostung nehme ich mir gerne die Zeit.«

»Dann steht dir morgen aber ein stressiger Tag bevor.« David nahm Vicky das Sektglas aus der Hand und trank es leer. »Dann nehme ich doch den Sekt und erlasse dir die Cookie-Nachtschicht.«

»Oh, wie edel mein Bruder doch sein kann.« Ellen nahm die leeren Gläser und trug sie in die Küche. Vicky und David folgten ihr, wobei Vickys Gäste kurz darauf in ihre dicken Daunenjacken schlüpften und sich von ihr verabschiedeten.

Die alte Wanduhr zeigte beinahe neunzehn Uhr an. Draußen war es bereits dunkel und Ruhe war in dem alten Gemäuer eingekehrt. Gut gelaunt ging Vicky auf ihr Küchenradio zu und ließ sich mit den aktuellen Charts beschallen. Eigentlich hätte sie oben in der Wohnung die Dokumente zusammenstellen sollen, doch für David Schokokekse zu backen, erschien ihr in diesem Augenblick wichtiger. Für alles Weitere hatte sie später noch genügend Zeit.

Tanzend bewegte sie sich durch die Küche und zog von überall her die Zutaten für ihr Rezept hervor. Nach und nach wurde alles miteinander vermengt und je näher sie ihrem Ergebnis kam, umso lauter sang sie die Liedtexte mit und umso mehr bewegte sie ihre Hüften dazu. Als das Einfüllen der Schokodrops zeitgleich mit einem aktuellen Popsong endete und ihr Applaus gezollt wurde, fuhr sie erschrocken herum und stieß dabei gegen den Mehlsack. Noch ehe das Mehl den unerwarteten Besucher komplett einhüllen konnte, identifizierte sie ihn als Leonard Hofer.

»Was denken Sie sich eigentlich dabei, sich heimlich hier in die Küche zu schleichen?« Vicky wusste, dass es der Schreck war, der sie so aufgebracht reagieren ließ. Doch zu einer besonneneren Reaktion war sie nicht in der Lage. Energisch trat sie an die Küchenzeile und beendete den nächsten Popsong, der aus den Lautsprechern dröhnte.

»Ich habe geläutet und ich habe geklopft.« Leonard reagierte eingeschnappt nach ihrer schroffen Begrüßung. »Hätten Sie Ihre kleine Disco ein wenig leiser veranstaltet, hätten Sie mich auch gehört.«

»Das gibt Ihnen noch lange nicht das Recht, hier einfach so einzudringen und mich zu Tode zu erschrecken.«

»Für eine Tote haben Sie aber noch ein recht lautes Organ. Seien Sie einfach kurz ruhig und hören Sie mir zu.«

Fassungslos blickte Vicky ihn an. Hatte er ihr tatsächlich gerade den Mund verboten? »Unterstehen Sie sich, mir ...« Weiter kam sie nicht, denn Leo unterbrach sie.

»Ich sagte doch, Sie sollen mir nur kurz zuhören. Ist das zu viel verlangt?«

Beleidigt verschränkte Vicky die Arme vor ihrer Brust und wartete darauf, dass Leonard Hofer weitersprach.

»Na also. Es geht doch«, fuhr er unbeirrt fort.

Vicky warf ihm einen unheilbringenden Blick zu.

»Der Bauer vom Sternhof hat mich angerufen. Anscheinend funktioniert Ihr Telefonanschluss noch nicht. Er lässt Ihnen ausrichten, dass der Termin für morgen auf elf Uhr vorverlegt werden muss, weil ...«

»Aber das geht nicht. Ich kann unmöglich um elf Uhr schon wieder hier sein. Dann müssen wir es auf übermorgen verlegen.« Vicky blickte nachdenklich auf den Terminplan, der auf der Küchenanrichte lag. Die nächsten Tage waren komplett ausgebucht. Sie musste mit all ihren Zulieferern sprechen und die Verträge fertig machen, wenn sie tatsächlich in zehn Tagen eröffnen wollte.

»Das geht nicht, weil die Freymanns auf die Landwirtschaftsmesse fahren und erst in drei Tagen zurückkommen.« Leonard klopfte das Mehl von seiner Jacke ab und strich sich über das Gesicht.

»Und was mach ich jetzt?« Vicky lehnte sich gegen die Anrichte und schaute ihn an, als ob er ihr eine Lösung bieten könnte. Und in der Tat zeigte sich ihr Verpächter äußerst hilfsbereit.

»Wenn Sie möchten, kann ich morgen mit ihm sprechen. Ich

kenne Albert ziemlich gut. Sagen Sie mir einfach, wie genau Sie sich Ihre Kooperation vorstellen, und ich sehe, was ich für Sie tun kann. Die vertraglichen Details können Sie dann immer noch mit ihm besprechen.« Seine Worte klangen beiläufig, während er sich den Mehlstaub von seinen Kleidern klopfte.

»Weshalb sollten Sie das für mich tun?« In Vickys Blick lag eben so viel Skepsis wie in ihrer Stimme.

»Ich tue das nicht für Sie. Ich tue es für mich.«

»Wie darf ich das nun wieder verstehen?«

»Die alte Mühle war uns als Kinder immer genauso ein Zuhause wie das große Gut unseres Vaters. Wir haben hier wunderschöne Zeiten mit unserer Großmutter erleben dürfen. Und uns allen liegt viel daran, dass das, was sie einst begann, auch in ihrem Sinne fortgeführt wird. Sie war eine hervorragende Köchin, eine begnadete Bäckerin und eine umsorgende Gastgeberin. Jeder im Dorf liebte Oma Henriette und jeder war ihr willkommen. Die Menschen vermissen sie, ebenso wie wir sie vermissen. Sie ist nun schon über ein Jahr tot – weshalb, glauben Sie wohl, haben wir die Mühle bis jetzt nicht verpachtet? Glauben Sie mir, an Interessenten hat es sicher nicht gemangelt.«

»Und Sie sehen in mir eine ebenso gute Gastgeberin?« Vicky war beinahe gerührt von dem Vertrauen, das er ihr anscheinend entgegenbrachte. Doch die Seifenblase zerplatzte sogleich.

»Um eines klarzustellen: Meine Familie hat sich für Sie entschieden, nicht ich. Aber ich werde ihre Entscheidung mit allen Konsequenzen mittragen. Und wenn ich irgendetwas tun kann, um zum Erfolg der Mühle beizutragen, werde ich das tun. Überlegen Sie es sich also. Wenn Sie wollen, dass ich mit dem Sternhofbauer spreche, lassen Sie mir die nötigen Infos zukommen.«

Er trat nach vorne, um nach seinem Werkzeugkoffer zu

greifen, den er dort offenbar vergessen hatte, was Vicky augenblicklich zurückweichen ließ.

»Sie knallen mir so einen Spruch an den Kopf und dabei haben Sie alle meine Kekse weggenascht.« Am liebsten wäre Vicky ihm an die Kehle gesprungen.

Leonard hatte hingegen nur ein Lächeln für Vicky übrig. Er nahm seinen Werkzeugkoffer, machte auf dem Absatz kehrt und stellte beim Verlassen der Küche noch nebenbei fest: »Ich habe nie gesagt, dass Sie nicht backen können.« Mit diesen Worten ließ er Vicky mit ihrem Teig allein zurück.

*

»Gib mir wenigstens einen ab.« Leonard und David kabbelten sich schon den ganzen Vormittag über, anstatt sich um die Belange des Gutshofes zu kümmern.

Die Aufgaben der beiden waren klar verteilt. Leonard war für die Finanzen zuständig und David für die Maschinen. Gemeinsam trugen sie dafür Sorge, dass der Betrieb reibungslos lief, und packten überall an, wo Hilfe benötigt wurde.

Genüsslich biss David in einen der Cookies, die am frühen Morgen in einem Säckchen an der Türklinke des Hauptgebäudes gehangen hatten.

»Ich weiß gar nicht, was du hast. Immerhin hast du einen Brief von Vicky bekommen. Und wer weiß, vielleicht bekomme ich die süßen Kekse, aber du die süßen Worte?«

»Werd nicht aufmüpfig, kleiner Bruder, sonst muss ich dich wieder einmal erziehen.« Leonard begann sich bereits die Ärmel hochzukrempeln, wo hingegen David sich ruhig in seinen Bürostuhl zurücksinken ließ.

»Du hast mich noch nie verprügelt und du wirst auch jetzt

nicht damit anfangen.«

Das war richtig. Leonard hatte sich noch nie mit David ge-prügelt. Nicht einmal, als sie klein waren. Leonard, der vier Jahre älter war als David, hatte dies immer als unfair betrach-tet. Ob es nur am Altersunterschied lag oder daran, dass David ihnen als kleines, hilfloses Bündel in Obhut überlassen worden war, wusste er nicht. Er wusste nur, dass er seinem kleinen Bruder geschworen hatte, ihn immer zu beschützen, ob sie nun blutsverwandt waren oder nicht.

»Was hat dir Vicky überhaupt geschrieben?«

»Gib mir einen Keks und ich verrate es dir.«

»Das ist Erpressung.«

»Willst du nun wissen, was drinsteht, oder nicht?«

David kramte in seiner Schüssel und griff nach dem kleins-ten Keks, den er finden konnte. »Bitte.« Er reichte ihn über den Schreibtisch und forderte Leonard auf, ihm zu erzählen, was Vicky geschrieben hatte.

»Weshalb bekomme ich den kleinsten?« Die Empörung stand Leonard ins Gesicht geschrieben.

»Weil ich schwören könnte, dass du es warst, der gestern bei Vicky die ganzen Kekse gegessen hat. Du warst der Ein-zige, der unbeobachtet in der Küche zugange war.« David deutete auf den Brief. »Und jetzt lies endlich vor.«

Grummelnd öffnete Leonard den Brief und begann zu lesen.

»Leo, dein Bruder führt sich wieder einmal auf wie Sherlock Holmes. Vermutlich gibt er dir auch keinen der wundervoll, duftenden Schokocookies ab. Dabei sollten Brüder doch ei-gentlich teilen. Und …«

»Ha, ha. Sehr witzig.« David biss genüsslich in einen weite-ren Keks, um seinem Bruder die Macht über die süße Back-ware zu demonstrieren. »Und jetzt bitte das Original.«

»Ist ja schon gut.« Leonard wollte seine Chancen auf einen weiteren Keks nicht schmälern und erklärte David, dass es sich bei dem Brief nur um Anmerkungen zum Gespräch mit Albert Freymann – dem Sternhofbauern – handelte.

»Wie unspektakulär. Jetzt habe ich sogar ein wenig Mitleid mit dir.«

»So viel Mitleid, dass ich noch einen von diesen Keksen bekomme?«

David lachte nur, stand auf und verließ das Büro – mit seinen Keksen –, während Leonard ihn nachäffte. Ein Blick auf die Uhr verriet ihm, dass er noch ein wenig Zeit hatte, ehe er zum Landgut der Familie Freymann aufbrechen musste. So biss er genüsslich in seinen Keks und widmete sich wieder den Unterlagen auf seinem Schreibtisch.

*

Vicky hatte all ihre Termine erledigt und noch dazu beherbergte ihr Auto einen wahren Schatz an Kaffee, Tee und Kakaobohnen. Sie hatte kein gutes Gefühl, ihre Schätze im Wagen zurückzulassen, doch ihre Kräfte reichten nicht aus, um die schweren Kisten ins Haus zu transportieren. Sie benötigte unbedingt ein Hilfsmittel zum Bewältigen von schwereren Lasten. In den nächsten Tagen erwartete sie noch zahlreiche weitere Lieferungen, die sie allesamt nicht bewegen konnte. Sie brauchte einen Transportwagen.

Oder besser noch: eine Sackkarre.

Sie wollte sich gerade daranmachen, ihre letzten Umzugskartons auszupacken, als sie ein Klopfen an der Eingangstür hörte.

Erwartungsvoll ging sie die Treppen nach unten und öffnete die Tür. Vor ihr stand Leonard Hofer, der zur Abwechslung einmal nicht in Arbeitskleidung unterwegs war, sondern in modischen Jeans und Lederjacke vor ihr stand.

»So ganz ohne Mehl im Gesicht hätte ich Sie beinahe nicht erkannt und überhaupt: Seit wann klopfen Sie an?«

Mit solch einer schlagfertigen Begrüßung hatte Leonard nicht gerechnet. Sein Mund stand offen, doch seine Worte schienen keinen Ausgang zu finden. Er fing sich recht schnell wieder.

»Also erstens, ha, ha, ha, und zweitens gilt Ihr Vertrag eigentlich erst ab nächster Woche. Ich kann hier also noch jederzeit ein und aus gehen, wie es mir passt.« Ohne ein weiteres Wort trat er ein und schob sich an ihr vorbei in den kleinen Laden. Er drückte den Lichtschalter und legte ihr die Unterlagen vom Sternhof zur Durchsicht auf den Tisch.

Vicky setzte sich und runzelte nachdenklich die Stirn. Ehe sie die Unterlagen zu studieren begann, hob sie den Kopf und blickte Leonard ernst an. »Ich kann jederzeit wieder in die Pension ziehen, wenn Sie das möchten.«

»Seien Sie nicht kindisch.« Leonard setzte sich auf den freien Stuhl neben ihr. »Sie haben mit der ganzen Anklopfgeschichte angefangen. Lassen Sie uns lieber über das Angebot von Albert reden.« Er schob die Dokumente von Albert Freymann näher an sie heran. »Wobei, eine Frage hätte ich noch.«

»Und die wäre?« Vicky schwante nichts Gutes.

»Weshalb haben Sie David eine ganze Ladung Kekse gebacken?«

»Das war für seine Hilfe gestern.«

»Und habe ich Ihnen etwa nicht geholfen mit dem Küchentisch?«

»Moment.« Vicky stand entrüstet auf. »Sie haben doch schon alle Kekse aus der Vorratsdose stibitzt und für niemanden etwas übrig gelassen. Auch nicht für David.«

Er schien nach einer passenden Ausrede zu suchen, doch ehe er etwas erwidern konnte, überraschte ihn Vicky mit einem »Übrigens vielen Dank für Ihre Hilfe«.

»Gern geschehen, aber David hat viel mehr von den Schokocookies bekommen.«

Zum ersten Mal brachte er Vicky zum Schmunzeln. »Ich hätte eine Idee, wie Sie sich ein paar verdienen könnten.«

Nun wurde Leonard hellhörig. Er lehnte sich im Stuhl zurück, kniff die Augen zusammen und grinste. »Ich bin nicht so ein Mann.«

Normalerweise wäre Vicky von seiner zweideutigen Unterstellung peinlichst berührt gewesen. Doch ihrem Gegenüber saß eindeutig der Schalk im Nacken und ließ sie unvermittelt lautstark loslachen. »Eigentlich geht es um das Ausladen meines Wagens. Die Kisten sind mir zu schwer und ich habe im Schuppen nichts gefunden, womit ich es hätte transportieren können.«

»Das ist alles?« Er war ein wenig skeptisch. »Ich soll nur Ihren Wagen ausladen und bekomme dafür eine Ladung Kekse? Für mich ganz allein?«

»Was ist nur mit diesen Keksen? Sie sind gut, keine Frage. Aber ob sie so gut sind …?«

Er fiel ihr ins Wort.

»Sind sie, glauben Sie mir. Sind sie«, und für einen kurzen Augenblick schien die Anspannung zwischen ihnen vergessen. »Sollen wir uns zuerst um das Angebot kümmern oder den Wagen entladen?« Er tippte auf das Dokument auf dem Tisch.

»Vorschlag: Sie kümmern sich um den Wagen, und ich kümmere mich um die Kekse. Und während diese backen, gehen wir das Angebot durch.«

»Das hört sich vernünftig an.« Leonard war sofort aufgesprungen und rannte Vicky beinahe über den Haufen. »Wo sind die Autoschlüssel?«

»Die liegen oben an der Garderobe. Ich hol …«

»Kein Problem, ich kenn mich aus und hole sie selbst. Gehen Sie in die Küche und fangen Sie in Gottes Namen an zu backen.« Mit diesen Worten ließ er Vicky stehen und rannte nach oben.

Eine Viertelstunde später saßen sie wieder gemeinsam am Tisch und besprachen das Angebot. Vicky unterstrich die ihr wichtigsten Produkte, und er stellte sogleich fest, dass sie sehr auf die Herkunft und Herstellung bedacht war, denn sie plante, ausschließlich Bioprodukte in ihrem neuen Café mit Hofladen zu vertreiben.

Als der Duft aus der Küche immer deutlicher wahrzunehmen war, schwand Leonards Konzentration von Sekunde zu Sekunde und er wartete gespannt auf das Klingeln der Zeituhr.

»Sie scheinen nicht mehr ganz bei der Sache zu sein.« Vicky folgte seinem sehnsüchtigen Blick zur Küche.

»Ist das verwunderlich? Ich sterbe vor Hunger.«

»Es dauert noch ein paar Minuten. Danach sollten die Kekse allerdings ein wenig auskühlen. Halten Sie so lange durch?«

»Nein.«

Er sah so unglücklich aus, dass Vicky Mitleid mit ihm bekam. »In der Küche steht noch ein Zitronenkuchen. Nehmen Sie sich doch ein Stück.«

Vicky hatte kaum ausgesprochen, da war er schon von seinem Stuhl aufgesprungen und in die Küche gestürmt. Als sie ihm wenige Augenblicke später folgte, hatte er schon ein riesiges Stück Kuchen im Mund und kaute zufrieden.

»Schmeckt's?«

Zeitgleich mit Leonards Nicken klingelte die Zeituhr und ließ seine Augen dadurch noch freudiger scheinen. Vicky war überrascht, wie handzahm er werden konnte, wenn es um süße Versuchungen ging.

Er gesellte sich zu ihr und blickte ihr über die Schulter, während sie den Backofen öffnete und einen prüfenden Blick auf die Cookies warf.

»Die sehen köstlich aus.«

Unbedacht legte er seine Hand auf Vickys Schulter, was sie sofort erstarren ließ.

Er musste ihr Unbehagen gespürt haben, denn er löste umgehend seine Hand von ihr.

»Entschuldigung.«

Bekümmert sah er sie an, doch sie starrte weiter in den Ofen. Unfähig, sich auf den nächsten Arbeitsschritt zu konzentrieren.

Leonard griff geistesgegenwärtig nach den Topflappen und bat sie, einen Schritt zur Seite zu gehen. Er nahm das heiße Backblech und stellte es auf den Küchentisch, während sie noch immer stumm vor dem Backofen stand und ihn bei seinem Tun beobachtete.

»Die Kekse sehen genauso gut aus, wie sie riechen.«

Er blickte weiterhin verunsichert drein und versuchte, sich erneut bei ihr zu entschuldigen »Vicky, ich wollte Sie nicht …«

Sie sah seine schuldbewusste Miene und es lag ihr fern, seine harmlose Berührung auf die gleiche Stufe zu stellen wie die von Clemens Brockmann. Doch seit diesem Erlebnis hatte sie so ihre Probleme mit unverhofftem Körperkontakt. Sie zwang sich zu einem Lächeln, nahm ihm die Topflappen aus der Hand und stürzte die Kekse auf ein Gitter.

»So kühlen sie schneller aus.« Sie machte eine kurze Pause, ehe sie bemüht locker weitersprach. »Essen Sie doch solange noch etwas vom Zitronenkuchen.«

Sie schnitt ein weiteres Stück vom Kuchen herunter. Dann brach sie sich selbst etwas davon ab und reichte ihm den Rest. Schweigend lehnten sie am Küchentisch und genossen den Kuchen, während sie darauf warteten, dass die Kekse auskühlten.

Vicky sagte nichts, weil sie in Anbetracht der Situation gerne alleine gewesen wäre, und Leonard, weil er vermutlich mit der Situation nicht umzugehen wusste.

Er mühte sich, das eisige Schweigen zu unterbrechen, indem er fragte: »Kann ich schon einen probieren?«

»Die sind doch noch heiß.«

»Nur einen.«

»Bitte.« Vicky ging einen Schritt zur Seite. »Wenn Sie sich unbedingt verbrennen möchten.«

Freudig griff er nach einem Keks, nur um ihn im gleichen Augenblick von einer Hand zur anderen zu balancieren. »Uh, heiß.«

»Das sagte ich doch.«

Dennoch gab Leonard nicht auf. Er legte den Keks zurück auf den Küchentisch, stülpte sich die Topflappen über und führte ihn dann genüsslich an den Mund. Kaum hatte er abgebissen, als sich sein Mund schon zu seltsamen Schnuten verzog. Zu guter Letzt hielt er den Bissen zwischen seinen Zähnen fest und wartete darauf, dass das kleine Stück schneller auskühlte.

Als er nicht länger warten konnte, zerteilte er das Gebäck mit zwei Bissen und schluckte.

»War es das wert?«

Vicky hatte ihn die ganze Zeit über zweifelnd beobachtet.

Er nickte zustimmend, brachte dann jedoch ein ehrliches »Nein« hervor.

Unbewusst hatte er damit den Stimmungsknoten gelöst, denn sowohl er als auch Vicky brachen in schallendes Gelächter aus.

ZWEI

Der Eröffnungstag war schneller herangerückt, als es Vicky lieb war. Mit Feuereifer hatte sie die letzten Tage gebacken, dekoriert und die letzten Vereinbarungen mit den Zulieferern unterzeichnet.

Nun stand sie hinter der Ladentheke und konnte sich, samt ihren beiden neuen Mitarbeiterinnen Tina und Inge, des Ansturms nicht mehr erwehren. Wäre nicht zufällig Ellen in diesem Augenblick vorbeigekommen, die sich tatkräftig einbrachte und für Vicky eine ihrer Freundinnen als weitere Aushilfe mobilisierte, hätte sie nicht mehr gewusst, wo ihr der Kopf steht.

»Hallo Vicky, ich bin Leni.« Die Freundin von Ellen reichte Vicky die Hand. »Wo soll ich anpacken?«

Leni hatte kleine Sommersprossen im Gesicht und trug ihr dunkelblondes Haar schulterlang. Sie hatte ein herrlich offenes Lächeln, das Bereitschaft zum Einsatz signalisierte.

»Dich schickt der Himmel, Leni.« Vicky lächelte. »Könntest du rasch die Auslage mit dem Gebäck auffüllen? Es ist fast nichts mehr da.«

»Wird erledigt.« Leni hatte sich schon abgewandt, als ihr noch etwas einfiel und sie sich noch einmal Vicky zuwandte. »Übrigens: herzlichen Glückwunsch zur Eröffnung und viel Erfolg.«

»Ich danke dir.« Vicky konnte nicht weiter auf Leni eingehen, da der Laden bis zur Eingangstür vollstand.

Zahlreiche Torten, Kuchen und andere Backwaren wanderten an diesem Tag über die Ladentheke. Kurz vor Feierabend waren nicht nur die süßen Köstlichkeiten beinahe ausverkauft, auch die Regale der restlichen regionalen Produkte waren zum größten Teil leer geräumt.

Die Tür flog auf und David trat lautstark ein, dicht gefolgt von Leonard. »Was bekommen zwei hart arbeitende Männer hier als Lohn für ihre täglichen Mühen?«

»Rückenschmerzen, Herzinfarkt – such dir etwas aus!«

Lenis schlagfertige Antwort ließ Vicky lautstark loslachen.

»Werde mal ja nicht frech, Rübe.« David baute sich vor Leni auf und zerwühlte ihr Haar. Dann neigte er sich herunter und bedeutete ihr, ihn auf die Wange zu küssen, was Leni zu Vickys Überraschung auch tat. »So, und was habt ihr für uns noch im Angebot?«

Vicky deutete auf die Auslage, die beinahe leer war. »Das ist der Rest. Bedient euch!« Es war ihr wichtig, Leonard in ihre Einladung mit einzubeziehen.

»Glückwunsch.« Leonard beobachtete das Schlachtfeld in der Auslage. »Wie es aussieht, hatten Sie einen erfolgreichen Tag. Das ganze Dorf spricht schon von Ihren Köstlichkeiten.«

»Wirklich?« Vicky trat glücklich hinter den Verkaufstresen und hob die Kuchenplatten mit den restlichen bunt zusammengewürfelten Kuchenstücken heraus.

Als David ebenfalls in Leonards Nicken mit einstimmte,

schenkte sie ihm schließlich Glauben.

Nachdem Vicky ihre beiden erschöpften Mitarbeiterinnen nach Hause geschickt hatte, nötigte sie ihre neu gewonnenen Freunde, Platz zu nehmen und sich verwöhnen zu lassen. Sie brachte ihnen Kaffee und Kakao und stellte die Kuchenplatten auf den Tisch, damit sich jeder bedienen konnte.

Während des Gesprächs, das sich rund um die erfolgreiche Eröffnung drehte, entging Vicky die Vertrautheit zwischen David und Leni nicht. Auf ihre Frage hin, wie lange die beiden schon ein Paar seien, prusteten sie los.

»Ich liebe diese Frau viel zu sehr, um ihr das anzutun.« Wieder zerwühlte David Lenis Haar.

»Und ich möchte noch eine Weile was von meinen Haaren haben. Das macht er schon seit dem Kindergarten so. Nicht auszuhalten, wenn ich ihn«, sie deutete auf David, »ständig um mich herum haben müsste. Nein, nein. Freundschaft ist vollkommen ausreichend.«

Nach zahlreichen amüsanten Anekdoten rund um die Freundschaft zwischen Leni und David endete die unterhaltsame Runde, als Ellen zum Aufbruch aufrief. Sie huschte in die Küche, um ihre Winterjacke zu holen, als ihr erschrockener Schrei die anderen in Aufruhr versetzte. Zeitgleich stürzten sie in die Küche.

»Was ist passiert?«, schoss es gleichzeitig aus Leonards und Davids Mund.

»Es ist alles weg. Vicky ist ausverkauft.« Ellen deutete aufgebracht auf die leeren Boxen und den großen, leeren Kühlschrank.

»Das ist kein Problem.« Vicky winkte ab. Ihr größter Traum war mit der erfolgreichen Eröffnung in Erfüllung gegangen. Für den Nachschub würde sie sich daher gerne die Nacht um die Ohren schlagen. »Ich werde einfach eine Nachtschicht einlegen.«

»Das schaffst du niemals alleine.« Bestimmt hängte Ellen ihre Jacke zurück an den Haken und verkündete: »Ich bleib hier und helfe dir.«

»Ellen, das kann ich nicht annehmen.« Vicky legte ihr dankbar die Hand auf den Unterarm. »Du hast mir heute schon so viel geholfen. Ich schaffe das, glaub mir.«

Ellen ignorierte Vickys Worte und blickte auffordernd zu ihren Brüdern, die sofort verstanden, was ihre Schwester von ihnen zu erwarten schien.

Leo stülpte sich die Ärmel seines Hemdes nach oben. »Wir werden auch bleiben.« Er lächelte. »Sag uns einfach nur, wo wir anpacken müssen.«

Vicky fühlte sich freudig überrumpelt. Zum einen, weil ihre Freunde ihr so spontan ihre Hilfe anboten. Zum anderen, weil Leonard Hofer mit einem freundlichen Lächeln zum »Du« übergegangen war. »Das kann ich doch nicht von euch verlangen.«

»Das hast du doch auch gar nicht getan.« David, der Leni um zwanzig Zentimeter überragte, legte sein Kinn auf den Kopf seiner besten Freundin und lächelte.

»Wir tun das ganz freiwillig.« Während Leni Vicky ein aufbauendes Lächeln schenkte, tätschelte ihre rechte Hand grob Davids Wange.

»Ihr würdet das wirklich für mich tun?« Die Hilfsbereitschaft ihrer neuen Freunde rührte Vicky mehr, als sie sich einzugestehen bereit war.

»Ja«, kam es geschlossen aus aller Munde.

»Nun denn.« Vicky schaltete den großen Backofen ein. »Legen wir los!«

Es begann in allen Ecken der Backstube eifrig zu klappern, als sie jedem seine Arbeiten anwies. Schnell stellte sich heraus, dass Ellen und David wenig Talent zum Backen besaßen. Meist fanden sich Eierschalen in ihrem Teig und ihr Arbeitsplatz glich innerhalb weniger Augenblicke einem Schlachtfeld. Als Ellens Sahne sich schließlich in Butter zu verwandeln drohte, gab sie verzweifelt auf und widmete sich den dreckigen Schüsseln, die sie abzuwaschen begann. Sie verdonnerte David dazu, ihr zu helfen, da auch ihr nicht entgangen war, dass er ebenso untalentiert war wie sie selbst.

Überraschenderweise konnte Vicky mit Leni und Leonard Hand in Hand arbeiten. Sie folgten all ihren Anweisungen und innerhalb kürzester Zeit hatten sie zahlreiche Teigmassen vorbereitet und teilweise auch schon gebacken. Natürlich musste sie den Hauptteil der Arbeiten selbst erledigen, dennoch waren ihr die beiden eine außerordentliche Hilfe. Vor allem Leonard überraschte sie, denn die Arbeit schien ihm große Freude zu machen. Wenn er sich nicht ernsthaft auf den nächsten Arbeitsschritt konzentrieren musste, lächelte er entspannt. Vicky hätte gelogen, wenn sie sich nicht selbst eingestanden hätte, wie attraktiv Leonard Hofer war, vor allem, wenn er sie anlächelte. Und wie sich bei jedem seiner Blicke ihr Puls automatisch beschleunigte.

Gegen halb vier Uhr morgens war der Großteil der Arbeit erledigt. Die letzten Kuchen befanden sich im Ofen und nur noch die Dekoration des Gebäcks musste gemacht werden. Ellen war mit dem Schokopinsel in der Hand eingeschlafen und bot einen skurrilen, wenngleich herrlichen Anblick. Leni saß müde und erschöpft auf der Bank und ärgerte David, der es sich dort ebenfalls bequem gemacht hatte und seinen Kopf auf ihrem Oberschenkel bettete.

Einzig Leonard schien noch mit Feuereifer bei der Sache.

Ehe Vicky die Gelegenheit hatte, ihre müden Helfer nach Hause zu schicken, nahm sich Leonard der Sache an. »David, bringst du die beiden Mädels nach Hause? Ich helfe Vicky noch mit dem Rest.«

»Überredet«, antwortete David und gähnte lautstark. Woraufhin Leni unverzüglich in sein Gähnen mit einstimmte.

»Den Rest schaffe ich wirklich alleine. Ich ...« Vicky unterbrach sich, als sie sein Blick traf, der keine Widerworte zu dulden schien. »In Ordnung. Ich sag ja schon nichts mehr.« Sie lächelte dankbar und begann damit, die ausgekühlten Nussecken in Schokolade zu tauchen.

David stand auf und griff nach den Jacken, während Leni versuchte, Ellen aufzuwecken. Erfolglos. Erst, als David seine Schwester weniger zaghaft rüttelte, öffnete diese widerwillig die Augen.

Abwesend zog sich Ellen ihre Jacke über und stapfte mit einem beiläufigen »Gute Nacht« zur Tür.

Vicky rief Ellen noch »Vielen lieben Dank« hinterher, doch das schien sie nicht mehr zu hören. Bei David und Leni bedankte sie sich mit einer herzlichen Umarmung und einer kleinen Kostprobe an Nussecken.

Mit einem weiteren Gähnen verschwanden auch die beiden durch die Tür.

»Du hast übrigens großes Talent. Mir scheint, als hättest du deinen Beruf verfehlt.« Vicky tauschte die Bleche aus und reichte Leonard, der höchst konzentriert Aprikosenmarmelade auf dem Plundergebäck verteilte, eine Nussecke.

Er nahm das nussige Dreieck und ließ einen Bissen in seinem Mund verschwinden. Dann blickte er sie fragend an. »Du meinst, dass ich ein besserer Bäcker als ein Wildschweinkiller wäre?«

»Erinnere mich bitte nicht daran.« Sie lachte auf und setzte ihre Arbeit am Schokoladentopf fort. »Ich habe mir vor Angst beinahe in die Hosen gemacht.« So sehr sie in diesem Augenblick darüber schmunzeln konnte, so sehr saß ihr dieses beängstigende Erlebnis noch in den Knochen. Und schlagartig kehrten auch Erinnerungen an einen sehr düsteren Tag zurück, an dem sie sich ebenfalls allein mit einem Mann in einer Backstube befunden hatte.

»Es wird nicht wieder vorkommen«, versicherte er ihr, während sein Blick sie prüfend musterte.

Vicky schüttelte abwesend den Kopf, als hätte sie durch ihre Gedanken den Faden an das ursprüngliche Gespräch verloren. »Wie bitte?«

»Ich wollte dich damals nicht erschrecken und es wird nicht wieder vorkommen. Aber nur wenn du mir versprichst, zukünftig nicht mehr so unbedarft im Wald herumzuspazieren. Und auch nur, wenn du mich regelmäßig mit deinen Köstlichkeiten versorgst.«

Sie zwang sich zu einem Lächeln.

»Ist alles in Ordnung?«

»Wie? Ja, ja. Alles in bester Ordnung.« Sie strich ertappt über ihre Schürze. »Vermutlich macht sich der Schlafmangel bemerkbar.«

Schweigend arbeiteten sie weiter und hatten ihr Werk fünfundvierzig Minuten später vollbracht. Alle Torten, Kuchen und Gebäckstücke, die Vicky für den folgenden Tag geplant hatte, waren fertig.

Erschöpft ließ sie sich auf die Bank sinken und blickte schuldbewusst zu Leonard.

»Ich stehe tief in deiner Schuld und hoffe, dass ich das irgendwann wiedergutmachen kann.«

Leonard setzte sich neben sie und lehnte sich zurück. Er streckte die Arme und verschränkte sie hinter seinem Kopf. »Du kannst es sofort gut machen ...«

Vicky versteifte sich augenblicklich bei seinen Worten.

»... indem du mir eine große Tasse Kaffee spendierst.«

Mittlerweile sah sie echt schon Gespenster. Hätte sie sich in Leonard Hofers Gegenwart zu einem Zeitpunkt bedroht oder nicht wohl gefühlt, hätte sie wohl kaum zugelassen, dass sie allein mit ihm zurückgeblieben wäre. Sie waren wohl das ein oder andere Mal aneinandergeraten, doch sie verließ sich auf ihre Menschenkenntnis, die ihr bestätigte, dass sie ihm vertrauen konnte.

»Den hast du dir jetzt auch redlich verdient.« Sie stand auf und machte sich auf den Weg zum Gastraum, in dem sich auch der große Kaffeeautomat befand.

Er rief ihr neckend hinterher: »Sei großzügig und bring dir auch einen mit.«

»Das werde ich tun.« Vicky drehte sich zu ihm um und lächelte. Leonard hatte mittlerweile die Beine ausgestreckt und übereinandergeschlagen. Sein musternder Blick ging ihr durch und durch. Ihr Herz begann aufgeregt zu hämmern und ihr Mund fühlte sich plötzlich staubtrocken an. Verlegen wandte sie sich ab und verschwand durch die Tür.

Während sich die Tassen mit heißem Kaffee füllten, dachte sie über ihn nach. Nicht zum ersten Mal hatte sie heute festgestellt, wie freundlich und hilfsbereit er sein konnte – wenn er wollte. Auch hatte sie immer wieder Blicke über seine attraktive Erscheinung schweifen lassen. Seine kurzen braunen Haare waren eine kleine Nuance dunkler als ihre eigenen. Er war gut gebaut, hatte breite Schultern und definierte Muskeln in seinen Unterarmen. Doch ihn lächeln zu sehen, übertraf alles. Vor allem, wenn er sein Lächeln ihr schenkte, was tatsächlich zwischendurch immer wieder passiert war.

*

Leonard blickte auf den leeren Türrahmen, durch den Vicky verschwunden war, und lauschte dem Geklapper der Kaffeetassen. Er hatte sie im Laufe der Nacht immer wieder beobachtet und für die Leidenschaft, mit der sie ihren Beruf ausübte, zollte er den größten Respekt. Doch das war nicht das Einzige, das ihm auffiel. Nachdem sie für die Arbeit ihren Pullover abgelegt hatte und darunter ein eng anliegendes weißes Top zum Vorschein gekommen war, war er sich ihrer anziehenden Weiblichkeit schmerzlich bewusst geworden. Sie besaß wundervolle Kurven und wie ihr Gesicht vor Eifer und Leidenschaft für ihre Arbeit strahlte, war unvergleichlich. Um nicht in Versuchung zu geraten, sie ständig anzustarren, hatte er sich deshalb umso mehr in die Arbeit gestürzt.

Er überlegte, ob die Idee mit dem Kaffee tatsächlich gut war oder ob er nicht doch besser gleich hätte gehen sollen. Würde er einer weiteren Versuchung, sich Vicky genauer anzuschauen, widerstehen können? Würde er sich ihren Reizen entziehen können? Was war nur los mit ihm? Nachdenklich schloss er die Augen.

Nur wenig später hörte er Vickys Schritte und konnte den herrlichen Duft des Kaffees riechen. Ohne die Augen zu öffnen, nahm er sie direkt vor sich wahr.

»Ich rieche Kaffee.«

Er hörte an ihrer Stimme, dass sie lächelte.

»Wirklich?«

»Ja.«

»Das kann nicht sein. Bist du dir da sicher?«

Er wusste, dass sie vor ihm stand und ihm den Kaffeegeruch zufächelte. Dafür spürte er den Windhauch viel zu deutlich.

»Spielst du gerade mit mir?«

*

»Was? Nein«, entfuhr es ihr ertappt. Warum nur hatte sie sich zu einer solchen Albernheit verleiten lassen?

Leonard öffnete die Augen und ein weiterer Schlag drohte, ihr den Boden unter den Füßen zu rauben. Das Braun seiner Augen hatte sich verdunkelt und Vicky wusste nicht, ob sie jemals einen derart aufrichtigen und verlangenden Blick gesehen hatte.

Als er aufstand, wich sie automatisch zurück. Er nahm ihr die Tasse ab und stellte sie auf der Bank ab. Dann umfasste er ihr Gesicht mit beiden Händen und schaute sie prüfend und begehrlich an.

Allein seine warmen Hände auf ihren Wangen zu spüren, ließ Vickys Herz unkontrolliert in ihrer Brust hämmern. Als sich seine Lippen ihren näherten, hielt sie den Atem an.

»Du weißt es vielleicht nicht, aber genau das tust du. Du spielst mit mir.«

Erst, als sie spürte, wie weich sich seine Lippen auf ihre legten und wie wundervoll es sich anfühlte, von ihm geküsst zu werden, schloss sie vertrauensvoll die Augen, atmete seufzend aus und erwiderte seinen Kuss.

In ihrem ganzen Leben war sie noch nie so geküsst worden wie von ihm. Noch nie hatte ihr eine Berührung derart die Sinne geraubt und ihren Körper und Geist in Kapitulation versetzt. Seine Zunge strich zärtlich über ihre Lippen, und je leidenschaftlicher er sie küsste, desto weicher wurden ihre Knie. Halt suchend krallte sie ihre Hände in sein Hemd, nicht ohne festzustellen, wie stark und gut sich seine Brust anfühlte.

Seine rechte Hand wanderte zu ihrem Nacken. Seine Finger glitten in ihre Haare und umfassten Vickys Hinterkopf, während seine linke Hand langsam über ihren Rücken wanderte und schließlich auf dem Hintern liegen blieb.

Vicky konnte nicht abstreiten, dass seine Berührungen sie zunehmend von ihrem Kuss ablenkten und sie in Aufruhr versetzten. Als er sie dann dicht an sich heranzog und sie deutlich spüren konnte, wie sehr er sie begehrte, stieß sie ihn von sich. »Nein. Nicht!«

Sofort ließ Leonard von ihr ab und beobachtete perplex, wie sie zwei Schritte vor ihm zurückwich.

»Vicky, ich …«

Doch sie unterbrach ihn.

»Ich kann das nicht.« Sie schüttelte verstört den Kopf und wandte sich von ihm ab. »Es tut mir leid.«

»Wenn, dann muss es mir leidtun«, antwortete er ihr irritiert. »Ich wollte dir nicht zu nahe treten oder dich bedrängen. Verzeih mir bitte.« Leonard griff nach seiner Jacke und wandte sich zum Gehen.

Unter der Tür hielt er noch einmal inne. »Vicky, gibt es da einen anderen?«

Sie nickte traurig.

»Verstehe.«

*

Der darauffolgende Tag war für Vickys neuen Laden ebenso erfolgreich wie der Eröffnungstag. Sie hatte aus ihren logistischen Fehlern des Vortages gelernt und arbeitete mit Inge und Tina nun effizienter. Dass Inges Tochter Rebecca sich als Aushilfe anbot, kam Vicky daher gerade recht. Sie nutzte die Zeit, während sie im Laden entbehrlich war, und kümmerte sich nebenbei um Nachschub. Nicht zuletzt auch, um sich von den Geschehnissen des frühen Morgens abzulenken.

Wann immer sie sich dabei ertappte, an Leonard zu denken, zwang sie sich, ihren Fokus wieder auf das Wichtige – ihren Laden – zu lenken. Meist gelang es ihr. Doch leider nicht immer.

Als sich zum Abend hin die Tür öffnete und Ellen, David und Leni eintraten, bangte Vicky einen Augenblick darum, Leonard wiederzusehen. Schnell sah sie, dass er der kleinen Gruppe nicht angehörte. So froh sie darüber hätte sein müssen, so schmerzhaft war ihr bewusst, wie sehr ihn ihr Verhalten getroffen haben musste.

Er hatte sie gefragt, ob es einen anderen gab, und ja, da war ein anderer Mann. Einer, der ihr Vertrauen missbraucht und ihren Glauben an das Gute im Menschen erschüttert hatte. Einer, der ihr Leid zugefügt hatte. Einer, der es ihr unmöglich machte, sich zu öffnen und sich auf jemanden einzulassen. Einer, der ihr sogar gedroht hatte, ihr Leben zu zerstören, wenn sie über eine gewisse Nacht nicht Stillschweigen bewahren würde.

»Du siehst erschöpft aus. Hast du überhaupt schon geschlafen?«

David nahm ihr das Tablett mit den Kaffeetassen ab und stellte es auf die Anrichte.

»Nein. Aber das bin ich von früher noch gewohnt. Ich musste häufig Nachtschichten einlegen.« Beim Gedanken daran überkam sie ein Übelkeitsgefühl. Sie vermied es, sich an diese Nächte zu erinnern, in denen sie als Einzige in der großen Backstube hatte antreten müssen, wo Brockmann sie dann immer beiläufig berührte. Jedes Mal, wenn er sich dafür entschuldigte, dass seine Hand zufällig ihren Hintern streifte, hätte sie ihm am liebsten eine gescheuert. Dennoch war er einer der landesweit besten Konditoren, und eine Anstellung bei ihm zu ergattern, hatte sie einige Mühen gekostet. Heute konnte sie nicht mehr verstehen, weshalb sie so blöd gewesen war und nicht gleich gekündigt hatte, nachdem sie den ersten plumpen Annäherungsversuch über sich hatte ergehen lassen müssen.

»Für mich wäre das nichts.« Ellen half Vicky beim Verteilen der Tassen. »Auf Dauer würde mir der Schlafentzug aufs Gemüt schlagen, und dann würde ich so schlecht gelaunt wie Leo durch die Welt spazieren.«

»Leo?« Vicky mühte sich um einen belanglosen Ton. »Warum?«

»Er hat genau wie du noch kein Auge zugemacht und ist deshalb auf das Übelste gelaunt. Oder hattet ihr etwa Streit?« Ellen ließ einen Löffel mit Milchschaum in ihrem Mund verschwinden. »Hattet ihr?«

»Streit? Nein, wir hatten keinen Streit. Als er ging, war alles in Ordnung. Vermutlich ist es wirklich nur der Schlafmangel.«

David lachte und klaute Leni ihren Keks vom Unterteller. Ihren protestierenden Blick ignorierte er. »Dann besteht ja Hoffnung, dass unser Griesgram wieder normal wird. Für ihn werden jedenfalls sämtliche nächtlichen Backpartys bis auf Weiteres gestrichen.«

Vicky lächelte und ging zurück zur Verkaufstheke. Sie bat Rebecca, den dreien alles zu bringen, was ihr Herz begehrte, und ihnen mitzuteilen, dass sie eingeladen waren. Kurz darauf verschwand sie wieder in ihrer Backstube und widmete sich mit Feuereifer den Torten für den darauffolgenden Tag.

Eine halbe Stunde später klopfte es leise gegen den Türrahmen. Vicky sah auf und bemerkte, dass ihre drei Freunde die Köpfe in die Backstube steckten.

»Wir wollten uns nur kurz verabschieden und uns für die Einladung bedanken.«

»Nicht ihr müsst euch bedanken, sondern ich. Ich bin euch echt etwas schuldig.« Vicky trat an einen der Körbe und zauberte vier Jutesäckchen hervor, die bis obenhin mit Schokoladencookies gefüllt waren. »Aber vorerst möchte ich mich mit einer kleinen Aufmerksamkeit erkenntlich zeigen.« Dankbar reichte sie jedem von ihnen eines und bat Ellen treuhänderisch, auch Leo eins zu geben.

»Ich sehe ihn nachher sowieso, da kann ich es auch mitnehmen.« Kaum dass David ausgesprochen hatte, verschwand schon der erste Keks in seinem Mund.

»Sei mir nicht böse, aber in diesem Fall würde ich die Kekse gerne Ellen anvertrauen. Die Gefahr, dass am Ende nur noch Krümel für deinen Bruder übrig bleiben, ist mir zu groß.«

»Vertraust du mir etwa nicht?« David versuchte heimlich, aus Lenis Säckchen einen Schokoladenkeks zu ergattern. Als sie ihn dabei ertappte und ihm auf die Finger klopfte, protestierte er: »Ich habe gar nichts getan. Der arme Keks drohte auf den Boden zu fallen, und ich wollte ihn nur retten.«

Leni streichelte David über die Wange.

»Oh, wie lieb von dir.« Als er dümmlich zu grinsen anfing, kniff sie ihn grob. »Aber trotzdem: Finger weg von meinen Keksen.«

Selbst David musste in das Gelächter der drei Frauen einstimmen. »Ich gebe zu, dass mir besser kein Naschwerk von Vicky anvertraut werden sollte. Ich kann für nichts garantieren.«

Nachdem die drei verschwunden waren, erledigte Vicky ihre restlichen Arbeiten in der Küche und bereitete alles für den nächsten Tag vor. Sie war erschöpft und müde und benötigte dringend eine Mütze Schlaf. Dass sie ihre Ladenschlusszeit nicht wie geplant einhalten konnte, nahm sie dennoch gelassen hin. Zu groß war die Freude über jeden einzelnen Kunden, der zufrieden aus der alten Mühle spazierte. Und vielleicht würde sich auch noch ein ganz bestimmter Kunde zu ihr verirren.

DREI

Ein kalter Wind blies Vicky entgegen, als sie am späten Nachmittag die Tür des Hinterausganges der alten Mühle öffnete. In der vergangenen Nacht hatte das Wetter umgeschlagen. Es war nass und kalt geworden. Sofort schlug sie den Kragen ihrer Jacke nach oben und zog instinktiv die Schultern hoch. Ihr Wagen parkte wenige Schritte vom Haus entfernt und war bis obenhin mit Einkäufen beladen.

Wieder einmal ärgerte sie sich, dass sie noch keine Zeit gehabt hatte, sich um eine Transporthilfe zu kümmern. Ihre Vorräte waren zur Neige gegangen und mussten aufgestockt werden. Da die meisten ihrer Waren nicht dem Standard entsprachen, musste sie den Großteil selbst organisieren und konnte ihn nicht über den Lieferdienst ordern. Dementsprechend viel galt es nun ins Haus zu tragen.

Sie hob die erste Kiste an und bemerkte sogleich, dass sie viel zu schwer für sie war. Widerwillig begann sie, die Kiste bis zur Hälfte leer zu räumen. Beim zweiten Versuch verzog sie vor Anstrengung zwar das Gesicht, schaffte es jedoch, den Einkauf bis zur Tür zu tragen. Vor der Hintertür musste sie die

Kiste dann allerdings abstellen. Sie war jetzt schon außer Atem, und dabei war der ganze Wagen noch komplett vollbepackt.

Ein lauter werdendes Hundebellen lenkte ihre Aufmerksamkeit zum Waldrand. In der Dämmerung entdeckte sie einen herannahenden Hund, dem eine dunkle Gestalt folgte. Beide waren ihr sehr vertraut. Für einen Augenblick setzte Vickys Herzschlag aus, nur um kurz darauf wie wild loszuhämmern.

Es waren zwei Wochen vergangen, seit Leonard Hofer sie geküsst hatte. Zwei Wochen, seit sie ihn zurückgewiesen hatte. Zwei Wochen, in denen sie ihn nicht mehr gesehen hatte. Und plötzlich tauchte er aus dem Nichts auf und verursachte bei ihr dieses sehnsuchtsvolle Gefühl, gegen das sich ihr Kopf vehement wehrte.

Um einem peinlichen Aufeinandertreffen möglichst aus dem Weg zu gehen, nickte sie nur kurz in seine Richtung und hob ihre Hand zum Gruß. Sie gab der Tür einen leichten Stoß und griff nach der Kiste. Mühevoll hob sie sie hoch. Hätte sich Leonard nicht in ihrer unmittelbaren Nähe befunden, sie wäre versucht gewesen, einen weiteren Teil ihres Einkaufs aus der Kiste auszupacken, um das Gewicht erträglicher zu machen.

Schnurstracks ging sie ins Haus, um nur nach ein paar Schritten die Einkäufe im Flur erneut abzustellen. Sie atmete kurz durch. Wäre es ausreichend, langsam bis zwanzig zu zählen, um sicherzugehen, dass er nicht mehr da wäre, wenn sie wieder nach draußen ging?

Eins, zwei, drei … zwanzig. Vorsichtig öffnete sie die Tür einen Spalt – und stand direkt vor ihm. Er roch nach kalter, klarer Waldluft und Seife. Der angenehme Geruch, der ihr in die Nase stieg, vernebelte ihr kurzfristig die Sinne. Zu spät bemerkte sie, wie bewegungslos sie dastand und ihn anstarrte.

»Lässt du mich rein?«

Leonard deutete auf die Kiste, die er trug. »Langsam wird sie schwer.«

Sie trat einen Schritt zur Seite und lächelte dankbar. Ihr war sein unbeteiligter Tonfall nicht entgangen. Dennoch half er ihr. Einfach so. Ohne dass sie ihn darum gebeten hatte.

»Natürlich.« Sie sah nach draußen, wo Caruso folgsam neben ihrem Wagen saß und freudig mit seinem Schwanz wedelte. »Hallo Caruso.«

»Wo willst du die Sachen haben?« Er vermied es, sie anzusehen, und sah sich stattdessen im Haus um.

Sie öffnete ihren Lagerraum. »Hier, bitte.«

Kiste um Kiste schleppte er ihr ins Haus und verstaute sie in den Regalen des alten Vorratsraumes. Die ganze Zeit über sprachen sie kein Wort. Erst, als Leonard die letzte Kiste mit Einkäufen abstellte, ergriff Vicky die Gelegenheit und bot ihm als Dank eine Tasse Kakao und frische Weihnachtsplätzchen an. Als er ablehnte, zwang sie sich enttäuscht zu einem Lächeln. »Dann vielleicht ein anderes Mal?« Sie war selbst überrascht, wie erwartungsvoll ihre Worte klangen.

Er erwiderte nichts. Doch sein kalter Blick traf sie mehr, als sie sich eingestehen wollte.

Als er sich ohne ein weiteres Wort zum Gehen wandte, legte sie ihre Hand auf seinen Arm und hielt ihn zurück.

»Leo.«

*

Leonard blickte zu ihrer Hand. Wie konnte solch eine unschuldige Berührung sein Innerstes derartig in Aufruhr versetzen?

Nachdem Vicky ihn vor zwei Wochen zurückgewiesen hatte, war er ihr aus dem Weg gegangen. Auch an diesem

Nachmittag hätte er mit Caruso einfach weiterspazieren sollen. Doch zu sehen, wie sie hilflos vor ihrem voll beladenen Auto stand, hatte das Helfersyndrom in ihm geweckt. Nicht zuletzt wollte er sich auch selbst beweisen, dass er sehr wohl in der Lage war, sich in ihrer Nähe aufzuhalten, und dass es sich bei der Geschichte in der Backstube nur um einen dummen Ausrutscher handelte. Dieses ungeplante Aufeinandertreffen wühlte ihn allerdings mehr auf, als er sich einzugestehen bereit war.

Er wäre mit einem einfachen »Danke« schon zufrieden gewesen. Weshalb hielt sie ihn zurück? Wenn sie noch etwas zu sagen hatte, weshalb tat sie es dann nicht?

»Ein Danke ist vollkommen ausreichend.« Seine Hand griff nach ihrer, um sie von seinem Arm zu nehmen. Er spürte, wie kalt sie war, und drückte sie ein wenig länger als geplant. Überrascht blickte er auf, als sich ihre Finger plötzlich um seine schlossen. Ein leises »Danke« drang an sein Ohr.

»Vicky? Bist du da?« Davids Stimme klang durch den Flur.

Erschrocken wollte Vicky ihre Hand zurückziehen, Leo hielt sie jedoch noch einen Augenblick fest und sah sie ernst an. Kaum wahrnehmbar flüsterte er: »David?«

Vicky lächelte und nickte.

»Hallo?«, hallte es erneut.

Leo gab ihre Hand frei und verließ das Lager. David kam ihm bereits entgegen.

»Hey großer Bruder. Was treibt dich hierher?« Freudestrahlend klopfte David Leonard auf die Schulter.

»Leonard kam zufällig vorbei und war so lieb, mir mit den Einkäufen zu helfen.« Vicky bedachte ihn mit einem dankbaren Lächeln.

»Ich dachte schon, er hätte mit dir über die Geburtstagstorte und die Nikolausfeier gesprochen.«

Vicky zog die Tür zum Lagerraum hinter sich zu. »Von einer Torte und einer Feier weiß ich bis jetzt noch nichts. Wir können uns aber gerne zusammensetzen, wenn ihr etwas mit mir besprechen möchtet.«

»Hast du Kekse?«, erkundigte sich David umgehend.

»Natürlich habe ich Kekse.« Vicky ging schmunzelnd in die Backstube voran. »Sogar ganz frische Zimtsterne.«

Leonards Magen verkrampfte sich. Wenn da wirklich etwas zwischen David und Vicky lief, wollte er es sich nicht aus der ersten Reihe ansehen. »Ich muss los«, murmelte er und nahm den Türgriff in die Hand.

Ehe Vicky und David reagieren konnten, fiel die Tür hinter ihm ins Schloss.

*

»Habe ich euch wirklich nicht gestört?«, fragte David irritiert.

Vicky schüttelte den Kopf. »Nein.«

»Lass dir von dem Miesepeter nicht die Laune verderben. Er führt sich schon die letzten beiden Wochen so seltsam auf und keiner weiß, was er hat.« Er ging weiter und schaute sich suchend um. »Wo genau hast du die Plätzchen versteckt?«

»Einen Teufel werde ich tun, dir das Versteck zu verraten. Setz dich nach drüben«, sie deutete zum Gastraum, »und ich bring sie dir. Kaffee oder Kakao?«

»Kaffee.« Wie befohlen – jedoch widerwillig – verließ er die Backstube.

Nach nur wenigen Minuten folgte ihm Vicky. Sie trug ein Tablett mit zwei dampfenden Tassen Kaffee und einem großen Plätzchenteller. Vorsichtig stellte sie es auf dem Tisch ab und nahm gegenüber von ihm Platz.

»So, jetzt erzähl mir etwas über die Nikolausfeier. Und für wen braucht ihr eine Geburtstagstorte?« Gespannt rührte sie ihren Kaffee um und beobachtete David dabei, wie zwei Plätzchen auf einmal in seinem Mund verschwanden.

»Die Torte ist für Mutti. Sie hat am 7. Dezember Geburtstag. Ich soll dich übrigens von ihr grüßen und dich zur Feier einladen.« Ein weiteres Plätzchen verschwand in seinem Mund.

Marianne Hofer war in der kurzen Zeit, in der Vicky nun schon hier lebte, zu einer ihrer liebsten Stammkundinnen geworden. Sie kam regelmäßig vorbei, um eine Tasse Tee und ein Stück Torte zu genießen. Nach ihrem letzten Gespräch vor zwei Tage hatte Vicky auch schon eine Idee, wie die Torte aussehen könnte. »Vielen Dank. Bestell ihr bitte auch Grüße von mir und sag ihr, dass heute eine neue Teemischung eingetroffen ist, die sie unbedingt probieren muss.«

Ihr Gegenüber nickte nur und schien den Plätzchen mehr Aufmerksamkeit zu widmen als ihr. Seinen Protest ignorierend zog sie den Teller zu sich. »Erst reden, dann die Plätzchen.«

»Aber Vicky …«

»Nein«, bestimmte sie. »Erzähl mir von der Nikolausfeier und dann gibt's den Rest.«

Er schluckte rasch. »Oma Hetti hat am 6. Dezember in der Mühle immer eine Nikolausfeier veranstaltet, zu der das Dorf eingeladen war. Die ganze Familie hat gebacken, Leni und ich spielten Weihnachtslieder und Leo beschenkte als Nikolaus die Kinder. Und jetzt wollten wir dich fragen, ob du Lust hast, diese kleine Tradition mit uns gemeinsam fortzuführen.«

Ihre Augen begannen zu leuchten. Sie schob den Plätzchenteller zurück zur Mitte des Tisches. »Ihr möchtet das wirklich beibehalten und mit mir gemeinsam feiern?«

»Wenn man sich hier umsieht, scheinst du Weihnachten ganz offenkundig ebenso zu lieben wie wir und Oma Hetti. Alles ist so wunderschön dekoriert und endlich ist der alte Mühlenzauber zurück. Deshalb, ja. Wir würden die Tradition gerne gemeinsam mit dir aufrechterhalten. Aber wie gesagt, nur wenn du das auch möchtest.«

»Machst du Witze? Natürlich bin ich dabei. Sag mir einfach, um was ich mich kümmern soll.« Erwartungsvoll schob sich Vicky ein Plätzchen in ihren Mund.

*

»Das ist doch nicht euer Ernst?« Vicky drehte sich staunend um sich selbst und begutachtete den großen Saal. »Das ist doch keine Scheune, das ist ein Ballsaal.«

Als Ellen ihr erzählte, dass sie die Lebkuchen-Nikoläuse aus Platzmangel normalerweise in ihrer Scheune verzierten und nicht in der Backstube, hatte Vicky durchaus hygienische Bedenken geäußert. Diese zerstreuten sich jedoch umgehend, als sie das Gebäude zu Gesicht bekam. Anstatt einer Scheune, wie man sie sich für gewöhnlich vorstellte, hatte sie einen wunderschönen, weihnachtlich geschmückten und beleuchteten Bau vorgefunden.

Die ehemalige Scheune war ein aufwendig restaurierter Raum mit offen gelegtem Fachwerk, bodentiefen Fenstern, Heizung, Bewirtungstheke – selbst ein hochglanzpolierter Flügel stand auf dem alten Steinboden.

Sie schüttelte den Schnee von ihrem Kopf, stellte ihren Korb auf den Boden und drehte sich erneut, um die Räumlichkeit auf sich wirken zu lassen. Dass sie dabei von Ellen, David und

Leni beobachtet wurde, störte sie nicht. Einzig Leonard hatte noch kein einziges Mal aufgeschaut, was ihr nicht entgangen war. »Weshalb, um alles in der Welt, veranstaltet ihr die Nikolausfeier nicht hier?«

»Wir waren am Nikolaustag immer bei Oma Hetti und mit alten Traditionen soll man nicht brechen.« Ellen begann, Vickys Lebkuchen-Nikoläuse auf den Tischen zu verteilen. »Die Mühle und der Nikolaustag gehören zusammen wie die Scheune und Weihnachten.«

»Das verstehe ich nicht«, sagte Vicky, während sie ihre Daunenjacke auszog.

»Das kannst du auch noch nicht.« David schüttete Rosinen in eine Schüssel. »Dafür musst du mindestens ein Weihnachten hier verbracht haben.« Er steckte sich eine davon in den Mund und erklärte weiter: »Wenn du eine Weihnacht hier in der Scheune gefeiert hast, weißt du, was wir meinen. Du bist doch zu Weihnachten hier?«

»Nein. Ich werde zwei Tage zu meinen Eltern fahren. Wir haben uns seit dem Umzug nicht mehr gesehen. Und immer nur zu telefonieren, das ist auf die Dauer anstrengend.« Verstohlen linste sie in die Schüsseln und entdeckte eine wahre Vielfalt an bunten Zuckerperlen, Rosinen, Mandeln und Glasuren. »Wer war denn hier schon so fleißig?«

»Mutti«, kam es gleichzeitig von Ellen und David.

»Sie wurde übrigens zu einer Hausgeburt gerufen und verspätet sich deshalb.« Unbeteiligt stapelte Leonard die Cellophantüten weiter auf den Tisch, schließlich war es nichts Neues, dass seine Mutter als Hebamme zu Geburten gerufen wurde.

»Dann könnten wir doch solange das Geburtstagsständchen für sie proben.« Leni deutete auf den Flügel.

»Muss das wirklich jetzt sein?« Leonard sah zu seinem Bruder, der just in diesem Moment seinen Arm um Vicky und Ellen legte und sie zum Flügel führte.

»Komm schon, Brummbär. So eine Gelegenheit bietet sich uns so schnell nicht wieder.« Leni duldete keinen Widerspruch und schob ihn vor sich her. Erst als er Platz genommen hatte und die Abdeckung zurückklappte, ließ sie von ihm ab und lehnte sich erwartungsvoll gegen das große Piano.

Vicky blickte auf Leonards Hände, während die ersten Töne erklangen. Seine Finger drückten behutsam die Tasten nach unten und spielten eine bekannte Melodie. Leni stimmte leise summend mit ein und als sie die ersten Worte des Oleta-Adams-Songs *Get here* sang, bildete sich eine Gänsehaut auf Vickys Unterarm. Fasziniert blickte sie zu Leni. Sie hatte eine wunderschöne Stimme.

David trat vor Ellen und Vicky, streckte auffordernd seine Hand aus und blickte sie abwechselnd an. Ellen wich sofort einen Schritt zurück und schob Vicky zu David.

Ehe sich Vicky versah, zog David sie an sich und begann, mit ihr zu tanzen. Verlegene Röte schoss ihr ins Gesicht. Wann hatte sie eigentlich das letzte Mal getanzt?

Lenis Interpretation des Liedes über die Ungeduld zweier Liebenden, die es kaum erwarten konnten, endlich vereint zu sein, ging Vicky nahe. Was für ein wunderschönes Liebeslied. Zu gerne hätte Vicky David gesagt, wie wundervoll Lenis Stimme war und wie sehr sie Leonard am Piano überraschte.

Doch das alles konnte sie noch früh genug loswerden. Sie wollte den Song genießen und es sich für die wenigen Augenblicke erlauben, einmal alles um sich herum zu vergessen.

David neigte sich zu ihr und flüsterte in ihr Ohr: »Entschuldige mich bitte kurz.«

Dann setzte er sich neben seinen Bruder an den Flügel und stimmte in ein wundervolles, mehrstimmiges *Grandioso* ein.

Die Musik wurde wieder leiser. Ebenso Lenis Stimme. Als sie sich zu David an das Klavier setzte, stand Leo auf. Er entdeckte Vicky, die allein im Saal stand. Mit einem beiläufigen Blick auf Ellen, die ihn mit einem kurzen Nicken aufforderte, mit Vicky zu tanzen, ging er auf sie zu.

Als er Vickys Hand griff, setzte erneut ein *Grandioso* ein. Ihr Herz begann, aufgeregt zu hämmern, als sie seine Hand auf ihrem Rücken spürte und er den Abstand zu ihr verringerte. So gefühlvoll und emotional die Ballade durch Leni und David vorgetragen wurde, so ruhig und bestimmend tanzte Leo mit Vicky im Takt dazu.

Er hatte sie fest an sich gedrückt. Oder war sie es, die sich an ihn presste? Ihre Wange ruhte jedenfalls plötzlich an seiner Brust.

»Klasse.« David sprang begeistert auf und die beiden fuhren erschrocken auseinander. »Den Song haben wir echt drauf. Mutti wird begeistert sein.« Er verstrubbelte Lenis Haare und klatschte in die Hände. »Jetzt können wir loslegen.«

Vicky blickte verstohlen zu Leonard, doch seine Miene war unergründlich. So nahe sie sich ihm vor wenigen Momenten noch gefühlt hatte, so distanziert wirkte er nun auf sie. Wie konnte sie es ihm auch verdenken.

Unter ihrer fachlichen Leitung begannen sie mit der Arbeit für die bevorstehende Nikolausfeier. Dabei achtete sie erneut darauf, dass alle Helfer ihren Fähigkeiten entsprechend eingesetzt wurden. Leni trug die rote »Zipfelmützen-Glasur« auf. Leonard kümmerte sich um die »Rosinen-Knöpfe«. David verteilte mit dem Pinsel die Schokolade auf dem »Geschenkesäckchen« und Vicky zauberte ein fröhliches Gesicht auf die leeren

Lebkuchenrohlinge. Nachdem jede Figur alle Stationen durchlaufen hatte und getrocknet war, machte sich Ellen daran, sie einzeln zu verpacken und mit Geschenkbändern zu verzieren.

»Du hast übrigens eine wundervolle Stimme.« Vicky sah zu Leni, doch bevor sich diese bei ihr bedanken konnte, mischte sich David ein.

»Ja, das hat sie. Weshalb sie allerdings noch kein Weihnachtslied angestimmt hat, ist mir ein Rätsel.« Herausfordernd sah er zu seiner besten Freundin.

»Vermutlich, weil du deine Klampfe noch nicht ausgepackt hast«, rechtfertigte sie sich und stemmte die Hände in die Hüften.

»Das lässt sich ändern.« David stand auf. Er ging in einen der Nebenräume und kehrte wenige Augenblicke später mit einer Gitarre zurück. Schon während er wieder auf sie zu schlenderte, stimmte er die ersten Akkorde von »All i want for Christmas« an und sang dazu.

Leni lächelte nur und stimmte freudig in ihr Lieblingslied mit ein.

»War es das, was David meinte, als er sagte, er und Leni kümmern sich um die Musik?«, richtete Vicky ihre Frage an Leonard.

»Vermutlich«, stellte er lächelnd fest, da sie begann, sich mit dem Spritzbeutel in der Hand im Takt dazu zu bewegen.

»Die beiden sind großartig«, wandte sie sich nun begeistert an Ellen.

»Ja, das sind sie wirklich.« Ellen lehnte sich in ihrem Stuhl zurück und beobachtete David und Leni, aber auch Leo und Vicky schienen ihr besonderes Interesse geweckt zu haben.

Nach zwei weiteren Unterbrechungen mit musikalischen Einlagen drängte Leonard schließlich, ihr Projekt abzuschließen, denn es war schon beinahe Mitternacht. Als der letzte Nikolaus in der Verpackung verschwunden war, sah die Scheune beinahe aus wie zuvor. Die Tische waren abgewischt, die Backutensilien größtenteils verstaut, das schmutzige Geschirr gewaschen und alle Lebkuchen in Kisten aufgereiht.

»Kinder, es tut mir so leid.« Marianne Hofer riss die Eingangstür der Scheune auf und trat ein. »Aber der Kleine hatte es so gar nicht eilig.« Sie zog an ihrer Mütze und strich sich die Schneeflocken von ihrem Mantel. Erst dann sah sie sich um und stellte enttäuscht fest: »Ihr seid ja schon fertig.«

»Schon?« Ellen lehnte sich müde zurück und blickte auf ihre Armbanduhr. »Wir sitzen hier schon seit ein paar Stunden.«

Marianne küsste sie entschuldigend auf die Wange. »Ich weiß, ich hätte euch wirklich gerne geholfen. Hat denn wenigstens alles geklappt?«

David deutete auf die Kisten und unterdrückte ein Gähnen.

»Ich bin so stolz auf euch.« Sie bückte sich und nahm einen Nikolaus an sich. »Die sehen wirklich entzückend aus. So schön waren sie bis jetzt noch nie. Das haben wir bestimmt Ihnen zu verdanken, Vicky.«

Vicky schüttelte den Kopf. »Das war Teamwork, Frau Hofer.« Sie griff ihre Jacke und zog sie sich über. »Jetzt wird es aber Zeit für mich zu gehen.«

»Warten Sie, Vicky. Ich habe da noch etwas für Sie.« Marianne griff in ihre Manteltasche und zog einen Brief hervor. »Dieser Brief an Sie hat sich versehentlich in unsere Post geschummelt. Ich habe nicht darauf geachtet und ihn irrtümlicherweise geöffnet. Entschuldigen Sie bitte.«

»Aber das macht doch nichts.« Vicky nahm den Brief an sich. Jegliche Farbe entwich ihrem Gesicht, als sie den Absender las. Was wollte ihr früherer Arbeitgeber von ihr? Verstört wandte sie sich ab. Die Gedanken in ihrem Kopf überschlugen sich. Hektisch begann sie, das restliche Zubehör in ihren Korb zu räumen.

Leo hatte ihre Reaktion auf den Brief beobachtet, und da sie bei ihren hektischen und hilflosen Bewegungen eine der Spritztüllen hatte fallen lassen, beugte er sich danach und gab sie ihr.

»Die ist auf den Boden …« Er unterbrach sich selbst, während er ihren traurigen Blick auffing. »Ist alles in Ordnung?«

Ihre Augen wurden feucht. Sie antwortete ihm nicht. Es war auch nicht notwendig, denn er schien die Antwort bereits zu kennen.

Vicky strich mit dem Handrücken über ihr Gesicht und wandte sich den anderen zu. »Ich muss jetzt los.« Sie mühte sich um einen freundlichen, natürlichen Ton. Es war ihr schon unangenehm, dass Leonard sie ertappt hatte, seine Familie musste von ihrem Gefühlschaos nicht auch noch etwas mitbekommen. In Windeseile zog sie sich ihre Jacke über, griff den Korb und eilte zur Tür. »Bis morgen.«

V I E R

»Vicky ist vorhin ein wenig überstürzt aufgebrochen. Findest du nicht auch?« David saß neben seinem Bruder im Wagen und beobachtete die Schneeflocken, die im Scheinwerferlicht tanzten.

Leonard nickte nachdenklich. David hatte recht. Doch noch viel mehr als ihr hastiger Aufbruch beschäftigte ihn ihr Gemütszustand. *Verflixt.* Er sorgte sich ehrlich um sie.

Es war schon weit nach Mitternacht. Die beiden Brüder hatten Leni nach Hause gefahren und ihr noch den Weg zum Haus vom Schnee freigeräumt. Sie waren beide müde, dennoch setzte Leonard den Blinker und bog zur alten Mühle ab.

»Irgendetwas stimmt nicht.«

David schien ihm zuzustimmen. Doch selbst wenn sein Bruder Einwände gehabt hätte, wäre er trotzdem zu Vicky gefahren, nur um sich selbst davon zu überzeugen, dass alles in Ordnung war.

»Ihr Wagen steht da. Sie ist also zu Hause.« David deutete auf den silbernen Caddy, der vor der Mühle parkte. »Wir sollten besser wieder umkehren, bevor sie der Motorenlärm noch weckt oder aufschreckt.«

Leonard wendete den Wagen am Ende des Weges. Sein Blick schweifte gedankenverloren zu Vickys Fahrzeug. Zunächst glaubte er sich zu täuschen, doch als seine Scheinwerfer ihren Wagen beleuchteten, entdeckte er sie zusammengekauert hinter dem Lenkrad. »Verdammt, sie sitzt noch im Auto.« Beide Brüder lösten die Sicherheitsgurte, stiegen aus und rannten zu ihr. David öffnete die Wagentür und zeigte sich sogleich bestürzt über den kläglichen Anblick des kleinen Häufchen Elends, das erschrocken zu ihm aufblickte. Ihre Augen waren verquollen. Tränen rannen über ihre Wangen und ihre Lippen hatten sich schon leicht bläulich verfärbt.

»Vicky, was machst du noch hier draußen? Du holst dir ja den Tod bei der Kälte.« David wollte ihr beruhigend seine Hand auf die Schulter legen, doch sie wich vor ihm zurück.

Ihr Blick wanderte zu Leonard und brannte sich für immer in seine Erinnerung. Es war, als ob sie stumm nach Hilfe schreien würde und nur darauf wartete, von ihm beschützt zu werden. Mit einer simplen Geste bedeutete er David, einen Schritt zur Seite zu gehen. Er beugte sich in den Wagen, zog den Schlüssel aus dem Zündschloss und reichte ihn blind an seinen Bruder weiter. Sein Blick fiel auf den zerknüllten Brief in ihrer Hand. Er löste Vickys Sicherheitsgurt und sah ihr in die Augen. Sofort begann sie zu schluchzen. Sie barg ihren Kopf an seiner Schulter und brach in Tränen aus.

Tröstend legte er den Arm um sie. »Schh … alles ist gut«, flüsterte er leise.

Erst eine gefühlte Ewigkeit später beruhigte sich Vicky langsam wieder, doch ihr ganzer Körper zitterte.

»Wir sollten dich ins Haus bringen. Du bist schon ganz durchgefroren.« Leonard erwartete keine Antwort. Er hob sie vorsichtig aus dem Wagen. David, der bis dahin stillschweigend die Szenerie beobachtet hatte, eilte voraus und öffnete die Türen.

Als Leonard mit Vicky die Wohnung betrat, deutete er zum Badezimmer. David verstand seinen Bruder sofort. Er eilte voran und drehte am Mischhebel der Badewannenarmatur.

Leonard folgte ihm und setzte Vicky auf dem Rand der Badewanne ab. Er kniete sich vor sie und zog ihre Schuhe und Strümpfe aus. Ihre Füße waren eiskalt.

Während David den Ablaufstopfen verschloss und anschließend im Wohnzimmer Feuer im Kamin machen wollte, krempelte Leonard Vickys Hosenbeine nach oben. Dann zog auch er seine Schuhe und Strümpfe aus und stülpte seine Hose nach oben. Er stand auf und schlang seinen Arm um sie. Dann hob er Vicky hoch und stieg mit ihr ins knöchelhohe, warme Badewasser. Dabei stieß er unabsichtlich an den Knauf des Duschkopfs und warmes Wasser begann über ihre Köpfe herab zu rieseln.

»Mist«, fluchte Leonard. Er wollte seinen Arm unter Vickys Kniekehlen lösen, um das Wasser schnellstmöglich wieder zu stoppen, doch sie krallte sich zitternd und Schutz suchend an ihm fest. Ganz so, als würde es sie nicht stören. Im Gegenteil.

Es ist nur Wasser, sagte er zu sich selbst und blieb stehen.

Es verging eine ganze Weile, ehe Leonard seinen Arm erneut zu lösen begann und Vicky sicher abstellte.

Er zog seinen durchnässten Kittel aus. Dann griff er nach dem Reißverschluss an Vickys Jacke. »Darf ich?«

Noch immer zitternd nickte sie. Er öffnete ihre Jacke und streifte sie von ihren Schultern. Achtlos fiel sie auf den Badewannenboden, ebenso wie der Brief, den er aus ihrem Griff befreite. Leonard war kurz versucht, sie erneut in den Arm zu nehmen, entschied sich allerdings dagegen. Umso überraschter war er, als Vicky ihre Arme um seine Taille schlang und ihr Gesicht an seiner Brust vergrub.

Der Kampf gegen die Kälte zog sich zahlreiche Minuten dahin. Erst als Vicky nicht mehr zitterte und von Leonard zurückwich, war er sich sicher, es würde ihr wieder besser gehen. Sie blickte zu ihm auf, und er spürte, dass sie sich ihm erklären wollte, doch sie musste ihm nichts erklären. Wer auch immer die Schuld an ihrem Zustand trug, derjenige sollte sich vielmehr bei ihr entschuldigen. Deshalb kam er ihr zuvor.

»Lass dir Zeit. Ich warte draußen.« Er stieg aus der Wanne, griff nach seiner Jacke und einem Badetuch und zog die Tür hinter sich zu.

David saß wartend im Wohnzimmer und blickte auf die Flammen im Kamin. Als sein Bruder aus dem Badezimmer kam, stand er auf und ging auf ihn zu. »Geht es ihr besser?«

»Das hoffe ich.« Leonard zog seine durchnässte Kleidung aus und wickelte sich das Badetuch um die Hüften, während David alles zum Trocknen aufhängte.

»Jetzt bin ich gespannt, weshalb du so nass bist.«

*

Vicky blickte in den Badezimmerspiegel und erkannte sich nicht wieder. Ihre Augen waren rot und verquollen, und sie selbst war über die Traurigkeit in ihrem Blick erschrocken. Wie hatte sie nur glauben können, dass sich die Erinnerung durch einen Umzug verdrängen ließe?

All die Monate hatte sie den Vorfall erfolgreich ausgeblendet. Nie hätte sie erwartet, dass sie die Vergangenheit so schnell und mit solch einer Kraft einholen würde. Erst, als sie den Brief mit der Einladung zur Preisverleihung der Konditoreninnung in den Händen hielt, kehrten die realen Erinnerungen zurück und nicht die, mit denen sie sich die letzten Monate arrangiert hatte. Sie durchlebte noch einmal die Angst und die Panik, die sie gefühlt hatte, als sich ihr Chef über sie beugte und ihr bewusst wurde, dass sie ihm körperlich unterlegen war. Ekel überfiel sie bei dem Gedanken daran, wie er seinen Mund an ihren Brustansatz gepresst und seine Hände lüstern ihren Körper betatscht hatten. Sie wollte sich gar nicht ausmalen, was passiert wäre, wenn sie sich nicht mit einem gekonnten Treffer in seine Weichteile hätte befreien können.

Zu allem Überfluss hatten ausgerechnet Leonard und David ihren Gefühlsausbruch miterlebt. Wie sollte sie den beiden je wieder in die Augen blicken können? Und Leonard? Sie hatte sich an ihn geklammert wie ein kleines, hilfloses Etwas.

Ihr wurde warm bei dem Gedanken daran, wie sicher und beschützt sie sich in seinen Armen fühlte. Dennoch musste sie sich bei den beiden entschuldigen, daran führte kein Weg vorbei. Je eher, desto besser.

Sie schlüpfte aus ihren nassen Klamotten, schlang sich ein Badetuch um und trocknete ihre Haare. Dann öffnete sie vorsichtig die Badezimmertür. Sie huschte über den Flur zum Schlafzimmer und lief vor der Küche direkt in Leonards Arme. Eine Weile standen sie sich schweigend gegenüber, bis er sich räusperte und mit aufmunterndem Lächeln fragte: »Aufgetaut?«

Vicky nickte verlegen. Allein der Gedanke, dass sie sich noch vor wenigen Augenblicken an ihn geschmiegt hatte und nun seiner entblößten Männerbrust gegenüberstand, ließ sie erröten.

»Ich habe Tee aufgebrüht.«

»Ich zieh mir nur rasch etwas an.« Sie ging an ihm vorbei,

berührte beiläufig seine Hand und hauchte leise »Danke«.

Leonard fasste nach und hielt ihre Hand fest. »Vicky.«

»Ja?« Sie blickte über die Schulter zu ihm auf.

Er lächelte nur und ging dann weiter ins Wohnzimmer.

Als sie wenige Minuten später wieder zu den beiden Brüdern stieß, trug sie einen dicken Wollpullover, flauschig warme Strümpfe und eine Jogginghose. Die Temperatur im Raum war angenehm warm. Leonard und David saßen auf der Couch und unterhielten sich angeregt über die bevorstehende Nikolausfeier.

David entdeckte sie zuerst und stand unverzüglich auf, um ihr seinen Platz anzubieten. »Hey. Möchtest du einen Tee?« Er war kurz geneigt, sie aufmunternd zu drücken, doch ihre Reaktion im Wagen ließ ihn zögern.

»Gerne.« Vicky wollte sich vom Anblick des halb nackten Mannes auf ihrer Couch ablenken und schaute sich um. Leonards Kleider lagen überall verteilt zum Trocknen herum.

»Keine Sorge.« Leonard lachte. »Ich nehme alles wieder mit, wenn ich gehe.«

Sein Lachen verursachte ihr eine wohlige Gänsehaut. Automatisch strich sie sich über die Arme.

»Setz dich doch.« David signalisierte ihr, neben seinem Bruder Platz zu nehmen.

Sie hatte sich kaum auf das Sofa gesetzt und ihre Beine an sich gezogen, als David nach einer Wolldecke griff und sie fürsorglich über ihr ausbreitete. Anschließend goss er Tee ein, reichte ihr eine Tasse und begnügte sich mit einem Platz auf dem Fußboden. »Wir haben gerade über den Ablauf für morgen gesprochen.«

Vicky nickte und trank einen Schluck. »Ich habe Rebecca gebeten, morgen wieder auszuhelfen. Das verschafft uns einen zeitlichen Puffer für den Aufbau und die restlichen Vorbereitungen.« Sie hatte sich so darin vertieft, in ihre Tasse zu starren, dass ihr der Blickwechsel der beiden Brüder entging.

»Tut mir übrigens leid, dass …« Sie wurde von David unterbrochen.

»Dass du uns keine Kekse zum Tee anbietest?« Er grinste schelmisch. »Es sei dir verziehen.«

»Danke.« Sie war aufrichtig dankbar. Dankbar, dass sie keine Fragen zu ihrem Gefühlsausbruch beantworten musste, und dankbar, nicht allein zu sein.

Die einkehrende und einvernehmliche Ruhe im Raum wurde nur durch das Knacken der Holzscheite, die im Feuer brannten, unterbrochen. Die Stille hatte nichts Beklemmendes, vielmehr wirkte sie beruhigend.

Vicky stellte die Tasse auf dem Beistelltisch neben dem Sofa ab und schlang die Arme um ihre Beine. »Ihr wisst hoffentlich, dass ihr hier nicht mit mir ausharren müsst.«

»Du wirfst mich und den halb nackten Mann jetzt aber hoffentlich nicht auf die Straße? Es ist doch so bitterkalt.«

Davids Worte waren nicht ernst gemeint und so erlaubte sich Vicky ein erstes Lächeln. »Das würde ich mich nie trauen. Bleibt, solange ihr möchtet.«

Und das taten die beiden dann auch. Sie bemühten sich, Vicky mit zahlreichen Anekdoten rund um die alte Mühle und ihre Großmutter von ihrer Betrübnis abzulenken.

Interessiert lauschte sie den Geschichten.

Ihr wurde bewusst, welches Glück ihr nach all den sorgenvollen Jahren bei ihrem früheren Arbeitgeber beschert war: Sie hatte die traumhaft schöne Mühle gefunden, durfte ihren Beruf ausüben und musste niemandem Rechenschaft ablegen. Sie war Herr über sich und ihr kleines Café. Noch dazu hatte sie wundervolle Freunde gefunden, denen sie Vertrauen schenken konnte. Unerwarteterweise allen voran Leonard Hofer. Sie wusste nicht genau, was über sie gekommen war, aber als er sich im Wagen zu ihr herabgebeugt und sie ruhig und verständnisvoll angeblickt hatte – ohne die Situation zu hinterfragen –, wusste Vicky, in seinen Armen würde sie Trost und Halt finden.

Ihre Gedanken hatten sie kurz von ihrem Umfeld abgelenkt und wurden durch Leos Lachen wieder in die Realität zurückgeholt. Der Klang seiner Stimme ließ sie erschaudern. Sie hatte schon eine Weile nicht mehr zu ihm geschaut, da sie sein nackter Oberkörper verwirrte.

Wie konnte sie auf der einen Seite auf den Vorfall mit ihrem Chef so verstört reagieren und sich gleichzeitig danach sehnen, sich an die nackte Haut eines anderen Mannes zu schmiegen? Umgehend färbten sich ihre Wangen rot.

Sie lauschte weiter dem Erinnerungsaustausch der beiden Brüder, bis ihre Augen müder wurden und sich ihre Lider senkten.

Ihr Kopf glitt langsam zur Seite und sie fiel in einen leichten, unruhigen Schlummer, bis sich bei ihr ein Gefühl behüteter Sicherheit einstellte. Sie entspannte sich und driftete in einen tiefen Schlaf ab.

*

Leo hatte nach einem Sofakissen gegriffen, um Vicky ihre unbequeme Schlafposition ein wenig gemütlicher zu machen. Er beugte sich zu ihr, hob ihren Kopf an und wollte gerade das Kissen platzieren, als sie sich im Schlaf drehte. Sie bettete ihren Kopf an seiner Schulter, legte ihre Hand auf seine Brust und kippte ihre Beine auf seinen Oberschenkel.

Verflucht! Die Berührung hatte ihn vollkommen unvorbereitet getroffen. Er erstarrte und schluckte hart. Zahlreiche Gefühle durchströmten ihn. Kurz erwog er, sie fester an sich zu pressen, war sich aber der Situation und der Anwesenheit seines Bruders bewusst.

Ach ja, sein Bruder! Die Vorkommnisse der letzten Stunden schlossen eindeutig aus, dass Vicky mehr für David empfinden könnte. Der Grund, weshalb sie ihn damals zurückgewiesen hatte, musste ein anderer sein. Ob es mit dem Brief zu tun hatte?

Leonard blickte auf sie herab und erkannte, wie die tiefe Sorgenfalte auf ihrer Stirn langsam verschwand und sie sich merklich in seinen Armen entspannte.

Er hingegen spürte immer deutlicher, wie sehr ihn die Nähe zu dieser Frau aufwühlte. Dennoch genoss er es, sie so nah bei sich zu haben und ihren Atem und ihre Hand auf seiner Haut zu spüren.

»Wovor hat sie bloß derart Angst?«

Davids Frage war durchaus berechtigt, auch wenn Leonard sie ihm nicht beantworten konnte. Er wusste nur, dass er sie beschützen wollte.

*

Als Vicky erwachte, fühlte sie sich wundervoll warm und behütet, wenngleich sie sich über ihre ungewöhnliche Schlafposition wunderte. Sie öffnete ihre Augen und blickte direkt auf eine große Männerhand, die ihre Finger sanft gegen eine nackte Männerbrust drückte.

Oh mein Gott. War sie tatsächlich in den Armen von Leonard eingeschlafen? Sie wollte ihm ihre Hand entziehen, doch er hielt sie fest umschlossen und presste sie noch fester an sich.

Das Bewusstsein um die Nähe und die Berührung von ihm ließ Vickys Puls unkontrolliert nach oben schnellen. Fasziniert beobachtete sie seine ruhige Atmung, die seine Brust sanft hob und senkte. Beinahe wäre sie versucht gewesen, über sein dunkles Brusthaar zu streichen, doch ein lautes Schnarchen unweit von ihr zog ihre Aufmerksamkeit auf sich und ließ sie in diese Richtung blicken.

David lag auf dem Fußboden und hatte seinen Kopf auf ein Sofakissen gebettet. Ein weiteres, lautstarkes Geräusch verließ seinen offen stehenden Mund.

»Furchtbar dieses Schnarchen, findest du nicht?«

Erschrocken fuhr Vicky herum. Leos Gesicht befand sich nur wenige Zentimeter von ihr entfernt. Er lächelte sanft und sie spiegelte sich in seinen Augen.

»Ich …«, stammelte sie und versuchte, sich zu befreien, doch er führte ihre Hand an seinen Mund und seine Lippen hauchten zärtlich einen Kuss auf ihr Handgelenk.

Er lächelte und flüsterte leise ein »Guten Morgen«, während er seine Wange an ihrer Hand barg.

Ihr Herz hämmerte aufgeregt in ihrer Brust. In ihren Ohren begann es zu rauschen, und sie war sich seiner Nähe mehr als bewusst. Sie spürte seine Bartstoppeln, die an ihrer Haut kratzten.

»Guten Morgen.« Es war nur ein Hauch, denn ihre Stimme versagte beinahe.

Er lehnte seine Stirn gegen ihre und erkundigte sich: »Wie geht es dir?«

Ihr Blick fixierte seine Lippen, die ihr so nah waren. Ihr Daumen streichelte wie von selbst über seine Wange, und sie bemerkte, wie er hart schlucken musste. Sie wich ein wenig zurück und ließ ihren Kopf ein Stück in den Nacken fallen, während sie zu ihm aufblickte. »Es geht mir gut.« Sie lächelte und bestätigte erneut: »Es geht mir gut.«

Wie gerne hätte sie ihn jetzt geküsst, doch sie brachte den Mut nicht auf. Was würde er dann von ihr denken? Was …? Sie brauchte nicht zu überlegen, denn sie fühlte bereits, wie seine Lippen ihre streiften.

»Ich kann nicht anders. Aber nur ein Wort von dir und ich höre sofort auf«, versprach er ihr, während er ihren Mundwinkel küsste.

»Bitte …« Sie spürte, wie er abrupt von ihr abließ. »… nicht aufhören.« Nun war sie es, die ihn bestimmt an sich zog und seine Lippen suchte. Die Zärtlichkeit, mit der er ihren Kuss erwiderte, ließ sie alles um sich herum vergessen, bis sich jemand lautstark zu Wort meldete.

»Nehmt euch ein Zimmer!« David drehte sich genervt zur Seite und zog sich das Kissen über die Ohren.

Ertappt ließ Vicky von Leo ab und schaute ihn erschrocken an, doch er lächelte nur. »David ist ein Morgenmuffel.« Er küsste sie auf den Mund. »Außerdem ist er neidisch«, ergänzte er noch.

Widerwillig löste er sich von ihr, allerdings nicht, ohne sie noch einmal zu küssen. Seufzend stand er auf.

Für den bedauernden Blick, den er ihr schenkte, hätte sie ihn am liebsten erneut geküsst. Er griff nach seinen Klamotten. Als er begann, sich anzuziehen, wandte sie verlegen den Blick ab, der daraufhin an der Wohnzimmeruhr hängen blieb.

»Verdammt!« Erschrocken fuhr sie auf und stolperte aus dem Wohnzimmer. Sie riss die Wohnungstür auf und rannte in ihren flauschigen Wollstrümpfen die Treppe nach unten.

»Was ist passiert?« David blickte verschlafen zur Wohnungstür und konnte gerade noch erkennen, wie Vicky davonstürmte.

»Ich schätze mal, sie hat verschlafen.«

FÜNF

Vicky lehnte glücklich im Türrahmen der Backstube und blickte auf die große Menschenmenge, die sich in ihrem Café versammelt hatte. Die Stimmung war beschwingt, denn David und Leni unterhielten zahlreiche Kinder mit Nikolaus-Liedern, die selbst die älteren Generationen zum Mitsingen verleiteten. Dennoch war die Anspannung der Kinder greifbar. Alle warteten auf ihn: den Nikolaus.

Sie schmunzelte. Ja, sie selbst wartete auch auf ihn. So vollgepackt und stressig ihr Tagesablauf auch gewesen war, es verging keine Minute, in der sie nicht an Leonard dachte.

Eines der Kinder begann aufgeregt zu kreischen und deutete aus dem Fenster, während sich ein weiteres Kind erschrocken unter einem Tisch versteckte. Es klopfte an die Tür und es wurde mucksmäuschenstill im Raum. Mit einem lautstarken »Ho, ho, ho« trat der Nikolaus ein, dicht gefolgt von Knecht Ruprecht.

Vicky war überrascht, denn sie wusste nicht, wer sich unter diesem Kostüm verbarg. Hatten sie im Vorfeld über einen »Knecht Ruprecht« gesprochen? Während sie noch darüber nachdachte, erklang bereits das allseits bekannte »Knecht Ruprecht«-Gedicht von Theodor Storm.

Von draus' vom Walde komm ich her;
Ich muss euch sagen, es weihnachtet sehr!
All überall auf den Tannenspitzen,
sah ich goldene Lichtlein sitzen; ...

Andächtig lauschten alle den Worten des knurrigen alten Knechts, der seine Rolle hervorragend spielte. Auch Vicky beobachtete das Schauspiel und bemerkte, wie der Nikolaus ihr verstohlen einen Blick zuwarf und ihr zuzwinkerte.

Neben ihr begann Rebecca zu kichern. Eine Freundin von Rebecca neigte sich zu ihr und flüsterte: »Ich sagte doch, Leo steht noch immer auf dich.«

Vicky schluckte.

»Das hoffe ich«, gab die großgewachsene Blondine daraufhin selbstsicher zurück. »Die Pause hat uns vermutlich gutgetan. Aber wir sollten sie langsam beenden.«

... Von draus' vom Walde komm ich her;
Ich muss euch sagen, es weihnachtet sehr!
Nun spreche, wie ich's hier innen find!
Sind's gute Kind, sind's böse Kind?

Es war nicht höflich von Vicky, das Gespräch zu belauschen, dennoch war sie froh darüber, zu wissen, dass Leonard eigentlich in festen Händen war. Aber weshalb hatte er sie dann geküsst? Er wirkte nicht wie ein Filou, der sich gleichzeitig mit mehreren Frauen vergnügte. Wollte er mit ihr nur seine Beziehungspause überbrücken?

Sie brauchte sich nichts vorzumachen – sie war enttäuscht. Auf das Geschehen im Gastraum konnte sie sich jedenfalls nicht mehr konzentrieren, daher wandte sie sich an die freudestrahlende Rebecca und bedeutete ihr, dass sie sich in die Backstube zurückzuziehen gedachte. In der Hektik des Morgens waren noch zahlreiche Arbeiten liegen geblieben – dann konnte sie genauso gut diese erledigen.

Es dauert beinahe eine Stunde, bis das Spektakel vorüber war und die Tür zur Backstube aufgerissen wurde. Ellen lächelte zufrieden und bat Vicky, kurz mitzukommen. Entschlossen griff sie nach ihrer Hand und zog die Konditorin mit sich in den Gastraum, wo bereits alle auf sie zu warten schienen.

»So, lieber Nikolaus. Jetzt bring ich dir unsere Vicky. Ihr ist es zu verdanken, dass du uns heute wieder in der alten Mühle besuchen kannst.« Ellen stellte Vicky neben Leonard ab und verschwand in der Menge.

»Dann sollten wir uns bei Vicky bedanken und darauf hoffen, dass wir im nächsten Jahr wieder willkommen sind.«

Leonard stand von seinem Stuhl auf und nahm von seiner Mutter einen großen, winterlichen Blumenstrauß entgegen, den er umgehend an Vicky weiterreichte.

Unter dem Beifall der Gäste nickte Vicky gerührt. Erleichtert setzte sie zur Flucht an, als David und Leni ein letztes Lied anstimmten und damit die Aufmerksamkeit von ihr lenkten.

Sie prallte jedoch gegen die Brust des »Knecht Ruprechts«, der sie beherzt in den Arm nahm und mit allen anderen Gästen in das Lied mit einstimmte. Erst bei der letzten Strophe löste er sich von ihr. Er und Leonard winkten in die Menge und verließen unter dem weihnachtlichen Gesang die alte Mühle.

Der Tumult ebbte schnell ab, als sich die Familien nach und nach verabschiedeten. Zurück blieben nur ein paar wenige, die sich den köstlichen Glühwein nicht entgehen lassen wollten. Das gröbste Chaos war schnell beseitigt und von den kleinen Plätzchentüten, die Vicky ihren Gästen als Geschenk überreicht hatte, war auch keines mehr da.

Eine halbe Stunde später kehrten der Nikolaus und sein Knecht Ruprecht durch die Hintertür zurück. Vickys Magen zog sich bei Leonards Anblick krampfhaft zusammen, doch die Erkenntnis, dass sich hinter dem geheimnisvollen Mann im Knecht-Ruprecht-Kostüm Frank Lindner verbarg, half ihr vorerst darüber hinweg.

*

Leonard musterte Vicky aufmerksam. Ignorierte sie ihn absichtlich? Während der gesamten Nikolaus-Show hatte er sich immer wieder suchend nach ihr umgesehen. Er dachte, es läge an den vielen Menschen, dass er sie nicht entdecken konnte. Aber sein Verdacht, sie habe sich absichtlich zurückgezogen, erhärtete sich.

»Vicky, wir brauchen noch …« Rebecca streckte ihren Kopf durch die Tür und hielt inne, als sie Leonard in der Backstube entdeckte. »Leo. Ich habe gar nicht bemerkt, dass du schon wieder zurück bist.«

Leonard blickte zu Vicky, die sich unversehens abwandte und Frank Lindner auf eine Tasse Glühwein einlud.

»Sind im Gastraum noch Kinder, Rebecca? Nicht, dass unsere Protagonisten noch auffliegen.« Vicky lächelte.

Nachdem sich Rebecca mit einem Blick rückversichert hatte, schüttelte sie den Kopf. »Nein. Die letzten sind gerade aufgebrochen. Hast du noch ein paar Zimtplätzchen? Marianne und David scheinen sie sehr zu mögen. Jedenfalls haben wir keine mehr.«

»Im Lagerraum steht noch eine ganze Blechdose.« Sie lächelte gequält. »Leonard kennt den Weg und hilft dir sicherlich gern.« Sie hakte sich bei Frank Lindner unter und führte ihn aus der Backstube. »Und wir schauen mal, was wir Gutes für Ihren Gaumen tun können.«

Autsch! Das hatte gesessen. Vicky musste ahnen, dass Rebecca und ihn einmal mehr verbunden hatte. Weshalb sonst hätte sie ausgerechnet ihn mit ihr zusammen Plätzchen holen geschickt?

Leonard wäre den beiden am liebsten gefolgt, doch Rebecca stand bereits neben ihm und machte Anstalten, ihn in den Arm zu nehmen. Er griff nach ihren Händen, noch ehe sie ihn berühren konnte. »Nicht. Lass das bitte.« Dann machte er auf dem Absatz kehrt und ging zum Lagerraum.

Rebecca folgte ihm und klang verzweifelt. »Aber wieso? Was ist los? Leo?«

Er öffnete die Tür und sah sich um. Direkt auf Augenhöhe befand sich die Blechdose mit der Aufschrift »Zimtsterne«, die er aus dem Regal zog.

»Leo.« Als er nicht reagierte, wurde sie energischer »Leo. Sag mir endlich, was los ist.«

Die Zeit war schon längst überreif, einmal deutliche Worte an Rebecca zu richten. Ja, sie hatten mal eine kurze Affäre gehabt. Aber nein, er hegte keine Gefühle für sie und hatte auch kein Interesse an einer Fortsetzung. Seit einem Jahr rannte sie ihm nun schon hinterher, es war nicht mehr zum Aushalten. Rebecca war kein schlechter Mensch. Er mochte sie und sie zu verletzen widerstrebte ihm, doch irgendwann war es auch genug.

»Das kann so nicht mehr weitergehen, Becki. Was wir damals hatten, war schön, aber ich bin einfach nicht der Richtige für dich.« Er reichte ihr die Blechdose und sah, wie sich unversehens eine Träne in ihren Augenwinkel verirrte. Na toll, auch das noch.

»Machst du jetzt etwa Schluss mit mir? Aber wir passen

doch perfekt zusammen.«

Wie konnte er mit ihr Schluss machen, wo sie doch nie zusammen gewesen waren? Ihm kam ein Einfall. »Bist du dir sicher?«

»Natürlich bin ich mir sicher.«

»Da ist Hannes aber ganz anderer Meinung.«

»Wer?« Ihr Blick erhellte sich. »Hannes?«

»Ist dir nicht aufgefallen, wie er dich schon die ganze Zeit anschaut?« Das war nicht einmal gelogen. Jeder wusste um Hannes' Schwäche für Rebecca. »Oder was glaubst du, weshalb er heute da ist.«

»Wegen mir?«

»Na, wegen mir sicherlich nicht.«

»Meinst du wirklich?«

»Wenn ich es dir doch sage.« Er lächelte sie aufmunternd an. »Dem schwirrst du ganz schön im Kopf rum.« Er deutete zum Gastraum. »Weshalb überzeugst du dich nicht selbst davon?«

»Aber was ist mit uns? Ich dachte, wir beide … Nun ja …«

»Becki. Du bist eine großartige Frau, aber das mit uns hat keine Zukunft. Und wenn du ehrlich zu dir selbst bist, weißt du das auch. Wir hatten damals eine tolle Zeit. Doch die ist vorbei. Jetzt sollten wir den Tatsachen ins Auge sehen.«

Rebeccas Träne schien getrocknet.

»Warum sollten wir uns miteinander zufriedengeben, wo wir doch beide verdient haben, das große Glück zu finden. Vielleicht heißt dein Glück ja Hannes?«

Sie wirkte nachdenklich, stimmte ihm doch letztlich zu. »Ich kann kaum fassen, dass ich das jetzt sage, aber du hast recht. Solange wir nur Freunde waren, war alles viel einfacher zwischen uns. Glaubst du, wir können wieder Freunde werden?«

»Wir waren und bleiben immer Freunde, Becki.« Er legte den Arm um sie und küsste ihren Scheitel. Dann schob er sie aus dem Lagerraum. »Und jetzt sieh dich gefälligst nach Hannes um. Und sollte er dich nicht glücklich machen, gibst du mir Bescheid.«

Sie küsste ihn zum Abschied traurig, doch auch einsichtig auf die Wange und ging mit ihrer Zimtstern-Blechdose davon.

Hätte Leonard gewusst, dass dieses Gespräch so einfach werden würde, hätte er schon viel eher mit ihr gesprochen und wäre ihr nicht die ganze Zeit aus dem Weg gegangen.

Zurück im Café wurde er von den verbliebenen Gästen und Freunden herzlich begrüßt. Er schüttelte allen die Hände und wurde in zahlreiche Gespräche einbezogen, dabei wollte er nur mit einer ganz bestimmten Person sprechen.

Wenn Vicky etwas von Rebecca mitbekommen hatte, wäre es zwingend notwendig, ihr die Situation zu erklären. Oder weshalb sonst mied sie ihn?

Selbst als sein Bruder und Leni ihn mit nach draußen zogen, um nach langer Zeit endlich wieder einmal gemeinsam eine Zigarre zu genießen, wie es seit vielen Jahren zwischen ihnen zum Ritual geworden war, vermochte es die unterhaltsame Runde nicht, ihm die erhoffte Ablenkung zu verschaffen. Er dachte nur an sie: Vicky.

*

Die meisten Gäste verabschiedeten sich kurz nach achtzehn Uhr und verließen die Mühle. Tina, Inge und Rebecca hatten nach und nach schon mit dem Aufräumen begonnen. Die Auslagen waren bereits sauber und die Regale frisch eingeräumt. Es musste nur noch nass gewischt werden und ein paar weitere Kleinigkeiten standen noch aus. Deshalb verabschiedete sich Vicky von den Frauen und schickte sie in den wohlverdienten Feierabend.

Ihre heftigen Einwände ob der noch zu erledigenden Arbeit winkte sie ab. »Ich mache das nachher alles in Ruhe fertig. Genießt den Abend.«

»Geht ruhig. Wir kümmern uns um den Rest. Das ist das Mindeste, was wir tun können.« Umgehend signalisierte Ellen David, ihr zu helfen, die Stühle auf die Tische zu stellen.

Vicky begleitete sie noch zur Tür und winkte ihnen hinterher, als sie zu ihren schneebedeckten Autos stapften.

»Puh, ist das kalt.« Rasch schloss sie die Türen hinter sich und beobachtete ihre Freunde bei der Putzaktion. »Ihr wisst hoffentlich, dass ihr mir nicht zu helfen braucht. Ich habe noch den ganzen Abend Zeit.«

»Das wäre ja noch schöner.« Marianne Hofer blickte entrüstet vom Putzwassereimer auf. »Wir überreden Sie zu dieser Feier und Sie putzen dann auch noch hinter uns her? Nein, nein, meine Liebe. Setzen Sie sich«, sie bedeutete David, einen Stuhl für Vicky stehen zu lassen, »und gönnen Sie sich eine kleine Auszeit.« Ein wenig verzweifelt blickte sie auf den Kaffeeautomaten. »Wenn ich wüsste, wie dieses Ding funktioniert, würde ich Ihnen noch einen Kaffee bringen.«

Leonard hatte das letzte schmutzige Geschirr zusammengestellt und zur Spüle getragen. »Ich mach das schon.«

Während seine Mutter zufrieden den Putzlappen zu schwingen begann, griff Leo eine Tasse aus dem Regal und positionierte sie auf dem Gitter unter den Ausläufen. Er überlegte, mit welchem Getränk er ihr wohl die größte Freude machen konnte. Unsicher folgte sein Finger den Beschriftungen der einzelnen Knöpfe.

Unbemerkt war Vicky hinter die Theke getreten. »Cappuccino, bitte«, sagte sie in ruhigem Ton.

Überrascht drehte sich Leo zu ihr um.

Da er sich nicht rührte, drückte sie selbst den Knopf an der Maschine und stellte schmunzelnd fest: »Na, das sollten wir aber noch einmal üben.«

Er schien sich schnell wieder gesammelt zu haben, denn als er sich zu ihr herabbeugte und ihr leise »Jederzeit« ins Ohr flüsterte, färbten sich ihre Wangen rot.

Während Leo anschließend den Getränkewünschen der anderen nachkam, lehnte Vicky sich gegen die Arbeitszeile. Ihre Wangen glühten noch immer. Sie hätte ihn besser nicht herausgefordert. Aber als er so hilflos dastand, war es einfach über sie gekommen. Sie nippte an ihrer Tasse und dachte über den Nachmittag nach. Auch wenn sie einiges verpasst hatte, weil sie sich unsinnigerweise mit Küchenarbeit abgelenkt hatte, so konnte sie dennoch vieles bis in die Backstube hören. Die ängstlichen Kinder. Die furchtlosen Kinder. Die mahnenden Worte des Knecht Ruprechts und die Stimme des Nikolaus, wenn er die Kinder fragte, was sie sich vom Christkind wünschten.

Ein kurzer Aufschrei von Leni holte sie wieder zurück in die Gegenwart. Ihr entfuhr ein herzliches Lachen, als sie David bei seinen Putzwasser-Neckereien beobachtete, mit denen er seine beste Freundin auf Trab hielt.

»Es ist schön, dich lachen zu hören.«

Es waren nur ein kleiner Kommentar und eine kurze Berührung im Vorübergehen, doch damit hatte Leo es geschafft, dass Vickys Herz bis zum Hals schlug.

Wäre sie zuvor nicht ein weiteres Mal ungewollt Zeugin eines Gesprächs zwischen Rebecca und ihrer Freundin geworden, hätte sie weder Leonards Nähe gesucht noch eine Berührung von ihm zugelassen. Nein – sie würde sich nie zwischen zwei Menschen drängen. Doch zwischenzeitlich schien sich Rebeccas Interesse plötzlich auf einen gewissen Hannes zu konzentrieren, der sich wohl ebenfalls unter den Gästen befand, den Vicky aber nicht eindeutig ausmachen konnte.

Leonard verteilte die gefüllten Tassen auf dem Tresen und lehnte sich dann schweigend neben sie. Der ganze Gastraum war zwischenzeitlich blitzblank gewischt und seine Familie drängte sich, mit Leni in ihrer Mitte, um den Ladentisch.

David verstrubbelte Lenis Haare und stellte fest: »Beinahe wie in alten Zeiten. Fehlt nur Oma Hetti und der Enzian.«

»Aber dafür haben wir ja jetzt Vicky.« Ellen lächelte ihre neue Freundin an und blickte dann neckend zu Leonard. »Nicht wahr?«

Vicky entging die subtile Zweideutigkeit von Ellens Worten nicht. Doch nicht nur ihre Wangen glühten.

»Also eure Oma Hetti kann ich euch leider nicht ersetzen …« Vicky drehte sich um und öffnete eine der Schranktüren. Sie zauberte ein paar Schnapsgläser hervor und eine große Flasche. »Aber ich habe noch eine Flasche Enzian im Lager gefunden.«

David brach sofort in Jubelschreie aus und kam um den Tresen geeilt, um Vicky beim Eingießen behilflich zu sein.

»Dich muss man einfach lieben.« Nun verstrubbelte er auch Vickys Haare. Während sie überrascht quiekte, wandte sich David neckend an seinen Bruder. »Nicht wahr?«

*

In dem Augenblick, als Leonard den Klingelknopf drückte, gab es kein Zurück mehr. Was mach ich hier bloß?

Seine Familie und er hatten sich schon vor über einer Stunde von Vicky verabschiedet, doch anstatt sich zu Hause in sein Bett zu legen und den verlorenen Schlaf der vergangenen Nacht nachzuholen, saß er neben Caruso auf der alten Holztreppe des Herrenhauses und grübelte, bis er es nicht mehr länger aushielt und sich wieder auf den Weg zurück zur alten Mühle machte. Er musste wissen, ob es Vicky nach ihrem gestrigen Zusammenbruch auch wirklich gut ging. Mehr als das: Er wollte für sie da sein. Und wenn es sich ergab, auch die Situation mit Becki klären. Denn er glaubte, Vicky könnte etwas falsch verstanden haben.

Die Gegensprechanlage krächzte. »Ja?«

»Ich bin's noch mal. Darf ich raufkommen?«

Es herrschte eine kurze Stille und Leonard sah seine Chance dahinschwinden. Vielleicht war es doch ein Fehler, noch einmal zurückzukommen? Weshalb nur musste er sich auch derart aufzwingen? Das Summen des Türöffners war zu hören. Glücklich drückte er die Tür auf.

Vicky stand in der Wohnungstür und sah ihm zu, wie er zwei Stufen auf einmal hochrannte. Sie zupfte an ihrem langen Shirt herum, um ihre nackten Beine zu verdecken, da stand er bereits vor ihr.

»Hast du etwas ver…«, ihr entfuhr ein lustvolles und überraschtes Seufzen, denn seine Lippen hatten bereits ihre gefunden.

Der Kuss ließ nicht nur seine Knie weich werden, auch sein Herz begann zu schmelzen. Zu spüren, wie sie ihre Arme um seinen Hals schlang, verführte ihn dazu, sich ganz dem Moment hinzugeben.

Jede Faser seines Körpers verzehrte sich nach ihr. Wenngleich er unvermittelt ihre plötzliche Unsicherheit spüren konnte.

Er sah ihr in die Augen. »Hier passiert nichts, was du nicht auch möchtest«, versicherte er ihr.

Als sie ihm mit einem schüchternen Lächeln gestand »Aber ich möchte es doch auch« und sich an ihn schmiegte, warf ihn das völlig aus der Bahn.

Überrascht stolperte Vicky hinter ihm her, als er sich knurrend abwandte und sie mit sich ins Wohnzimmer zog. Er platzierte sie auf dem Sofa, warf seine Daunenjacke auf den Sessel und setzte sich ihr gegenüber auf den Couchtisch.

»Vicky?«

»Ja.«

Sie sah verwirrt aus. Am liebsten hätte er sie in seine Arme gezogen.

»Das mit Becki … Ich wollte dir noch sagen …« Er raufte sich die Haare. »Also, das ist schon ziemlich lange her und du musst …«

»Du musst mir nichts erklären.« Vicky lehnte sich zu ihm und zog ihn an den Hosenträgern des Nikolauskostüms zu sich heran.

Er lächelte und schob sich bis zur Tischkante vor, um noch näher bei Vicky zu sein.

Als sie ihn daraufhin zärtlich küsste, wähnte er sich bereits im siebten Himmel, hätte die flüchtige Berührung ihres nackten Oberschenkels nicht dazu geführt, dass sie kurz zusammenzuckte.

Seine Stirn sank gegen ihre und er bedauerte zutiefst, ihren Kuss unterbrechen zu müssen, aber er konnte ihre Reaktion nicht länger unkommentiert lassen.

»Erzähl mir, was dich bedrückt.«

»Nichts.«

»Bitte, Vicky, lass mich dir helfen. Sag mir, was passiert ist.«

*

Traurig wandte sich Vicky ab. Sie ging zum Fenster und blickte in die dunkle Nacht. Sich ihrer Blöße plötzlich bewusst, zog sie das Shirt weiter nach unten und schlang die Arme um ihre Taille.

Im Fenster erkannte sie, wie Leonard zu ihr kam. Er legte behutsam eine Wolldecke über ihre Schultern und sie spürte bei all seiner Fürsorge einen dicken Kloß im Hals. Kaum zu glauben, dass sie ihn anfangs für unausstehlich gehalten hatte.

»Danke.«

Wie lange sie dort standen und gemeinsam in die Dunkelheit blickten, konnte sie nicht sagen. Aber zu wissen, dass er sie zu nichts drängte, verschaffte ihr ein Gefühl der Erleichterung.

Vicky begann, nach den richtigen Worten zu suchen, stellte jedoch schnell fest, dass es diese nicht gab. Sie würde ihm erzählen, was geschehen war, und keine richtig gewählten Worte vermochten es, die Situation schönzureden.

»Es gibt einen Grund, weshalb ich meine Brücken abgebrochen habe und hierhergekommen bin.«

Ihre Blicke trafen sich in der Spiegelung der Fensterscheibe. Sie sprach ruhig weiter.

»Ich habe in einer der bundesweit besten Konditoreien gearbeitet, in der ich viel gelernt habe. Leider wurde mir erst zu spät bewusst, dass der Preis, den ich dafür zahlen musste, zu hoch war.« Sie schluckte und hielt kurz inne. »Mein Chef hielt mich für äußerst begabt und hat mir angeboten, mich unter seine Fittiche zu nehmen. Ich sah die Chance meines Lebens und habe zugegriffen.« Für einen Moment zögerte Vicky. Sollte sie Leonard wirklich davon erzählen? Doch sie hatte schon angefangen und würde jetzt keinen Rückzieher mehr machen.

»Anfangs dachte ich, die zahlreichen Überstunden und Wochenendarbeiten gehörten automatisch dazu.« Sie atmete tief durch. »Ebenso wie seine beiläufigen Berührungen.«

Leonard presste seine Hände zu Fäusten, bis die Fingerknöchel weiß hervorstachen.

»Eines Abends waren wir wieder einmal alleine. Ich weiß nicht, ob ich ihn mit irgendetwas ermutigt habe, aber«, ihr Blick fiel auf seine zur Faust geballten Hand, »plötzlich hat er sich über mich gebeugt und …« Ihre Stimme brach. »Noch nie habe ich mich so hilflos gefühlt wie in diesem Augenblick.«

Sie bemerkte, wie er um Fassung bemüht tief einatmete.

»Ich konnte mich jedoch befreien, bevor Schlimmeres passierte, und dafür bin ich jeden Tag dankbar. Ob er noch zeugungsfähig ist, wage ich nach meinem Tritt jedoch zu bezweifeln.«

Die Wolldecke fiel von ihren Schultern, als sie sich zu Leonard drehte. Sie griff bewusst nach seinen Händen, um ihm zu demonstrieren, dass sie vor seiner Nähe keine Angst hatte – im Gegenteil. Dennoch konnte sie ihm nicht in die Augen sehen.

»Ich habe umgehend die Konsequenz daraus gezogen und fristlos gekündigt. Dann habe ich diese zauberhafte Mühle gefunden, meine Wohnung aufgelöst und mich für die Realisierung meines Traumes entschieden. Als mir deine Mutter dann den Brief gab, kam plötzlich alles hoch, was ich monatelang verdrängt hatte. Ich habe die Erinnerungen zugelassen, um dieses traurige Kapitel abschließen zu können. Und aus irgendeinem Grund hilfst du mir dabei.« Kaum hatte sie ausgesprochen, wurde sie von ihm in seine Arme gezogen. Dort verharrte sie und genoss das Gefühl von Sicherheit und Geborgenheit.

Noch nie in seinem Leben hatte sich Leonard so von seinen Gefühlen zerrissen gefühlt wie in diesem Augenblick. Da waren einerseits diese grenzenlose Wut und der Hass auf den Mann, der Vicky das angetan hatte. Andererseits war er froh, dass sie sich ihm öffnete, indem sie ihm ihr Geheimnis preisgab. Doch auch die Hilflosigkeit, Vicky vor den Erinnerungen nicht bewahren zu können, nagte an ihm.

»Danke«, hauchte er an ihr Ohr.

»Wofür?«

»Für dein Vertrauen.« Er löste seine Umarmung und blickte auf sie herab. »Hast du den Mistkerl angezeigt?«

»Nein.«

»Aber weshalb nicht?«

»Ich will das alles einfach nur vergessen.«

»Wenn es irgendetwas gibt, das ich für dich tun kann …«

»Hab einfach ein wenig Geduld«, ihre Hand streichelte seine Wange. Sie stellte sich auf die Zehenspitzen und hauchte einen Kuss auf seine Lippen, den er nur zögernd erwiderte.

»Aber fass mich bitte nicht mit Samthandschuhen an. Das hilft mir nämlich ni…«

Leonard verstand sie sofort. Ohne ihr die Chance zu geben, ihren Satz zu beenden, presste er seine Lippen auf ihre und verlor sich in einem Kuss, der ihn bis in seine Grundfesten erschütterte. Schon jetzt liebte er es, wie leidenschaftlich sie auf ihn reagierte, wie sie ihn neckte und wie ihre Zunge ihm beinahe den Verstand raubte.

»Ich sollte jetzt wohl besser gehen.« Seine Stimme war rau.

»Warum?«

»Um mich in Geduld zu üben.«

Das stolze, wenngleich bedauernde Lächeln, das sie ihm daraufhin schenkte, ließ ihn beinahe aus der Haut fahren.

»Du solltest dir etwas Ruhe gönnen und schlafen gehen.« Leonard presste sie an sich und küsste ihre Schläfe. »Egal, was passiert, ich bin für dich da.« Stundenlang hätte er so dastehen und sie festhalten können. Alles in ihm sträubte sich dagegen, sie loszulassen. Schließlich wandte er sich doch ab, griff nach seiner Jacke, lächelte, wünschte ihr eine Gute Nacht und stapfte in seinen Nikolausstiefeln davon.

Er hatte schon beinahe die Tür hinter sich zugezogen, als er ihre Stimme hörte.

»Warte«, rief sie ihm hinterher und riss die Wohnungstür auf. Im Treppenhaus war es kalt, dennoch schlich Vicky barfuß auf die erste Stufe und war mit ihm auf gleicher Augenhöhe.

Die kalte Luft knisterte gewaltig.

Sie lehnte sich gegen ihn, reckte ihr Kinn und küsste ihn sacht. »Gute Nacht.«

Er erwiderte ihren Kuss nicht, doch seine Atmung beschleunigte sich. Sie schien zu spüren, wie viel Beherrschung es ihn kostete, ihren Kuss nicht zu erwidern, und begann ihn zu necken.

»Und vielen Dank.« Sie schenkte ihm einen weiteren sanften Kuss. Auch diesen erwiderte er nicht, doch seine Augen verengten sich gefährlich.

»Bis morgen.« Dieses Mal lächelte sie nur verschmitzt und ging dann beide Stufen zurück in die Wohnung.

Frustriert und gleichzeitig erleichtert nahm er wahr, wie die Tür langsam hinter ihr ins Schloss fiel.

Frustriert, weil er gerne bei Vicky geblieben wäre.

Erleichtert, weil er gerne bei Vicky geblieben wäre.

Doch alles hatte seine Zeit, und ihre Zeit würde erst noch

kommen. Nach allem, was sie ihm heute anvertraut hatte, wollte er ihr so viel Zeit geben, wie sie brauchte. Denn der Vorgeschmack auf das, was kommen könnte, war einfach zu verlockend.

S E C H S

»Wenn das mal keine Überraschung ist.« Leni öffnete die Haustür, blickte über ihre Schulter hinweg den Flur entlang und rief David zu: »Sieh mal, der gute, alte Nikolaus hat sich in mein Haus verirrt.«

»Falls du eine Runde mitpokern wolltest, kommst du leider zu spät. Leni hat mich bereits bis auf den letzten Knopf ausgenommen.« David nahm seine Jacke vom Garderobenhaken und kam den Flur entlang auf die beiden zu. Erst jetzt bemerkte er Leonards angespannte Miene, was ihn umgehend in Alarmbereitschaft versetzte. »Mutti oder Ellen?«

Leonard schüttelte den Kopf und David verstand sofort, dass es sich um Vicky handeln musste.

»Ist etwas passiert?« Erschrocken blickte Leni zu Leonard auf.

»Ja.« David verstrubbelte ihre Haare und küsste sie zum Abschied auf die Wange. »Unser Nikolaus ist bis über beide Ohren verliebt.« Dann schob er Leonard aus der Tür und die Eingangsstufen nach unten. Er drehte sich noch einmal nach Leni um. »Ich will eine Revanche«, rief er ihr zum Abschied zu.

Sobald David in das Auto seines Bruders eingestiegen war und den Sicherheitsgurt geschlossen hatte, fuhr Leonard ungestüm los.

»Verrätst du mir, was passiert ist und wohin die Fahrt geht?«

Kommentarlos reichte Leonard ihm eine Kopie von Vickys Lebenslauf. Die Zeile mit der Anschrift ihres letzten Arbeitgebers war farblich markiert. Irritiert drehte David das Blatt, denn er verstand noch immer nicht, worauf sein Bruder hinauswollte.

»Willst du mich die ganze Zeit über anschweigen oder erklärst du mir, um was es geht?«

»Ich kann gerade nicht. Ich bin viel zu wütend, um zu sprechen.« Leonards Hand donnerte auf das Lenkrad.

Über eine Stunde herrschte angespanntes Schweigen im Fahrzeug, bis Leonard auf einen Parkplatz einbog. Er stieg aus dem Wagen, streifte ziellos durch den Schnee und stützte sich letztlich gegen eine Parkbank.

David trat neben ihn, und es schien erneut eine Ewigkeit zu vergehen, bis Leonard endlich etwas sagte.

»Argh.« Wütend schlug er gegen die Holzlatten der Bank. Er richtete sich auf und donnerte mit dem Fuß gegen den Mülleimer, der schneebedeckt neben ihm stand. »Dieses Arschloch wollte sich an ihr … Argh.«

Leonard musste nicht weitersprechen. David wusste sofort Bescheid. Er hatte mit vielem gerechnet, doch diese Nachricht schien ihn ebenso zu überfordern wie zuvor Leonard. Wie konnte ein Mann einer Frau nur so etwas antun? Seine Fassungslosigkeit wandelte sich schlagartig in Wut.

Dieser Clemens Brockmann sollte dafür nicht ungeschoren davonkommen. »Ich fahre.«

Die Fahrt im Schnee dauerte weitere drei Stunden. Drei Stunden, in denen sie sich nichts zu sagen brauchten und die ihren Zorn weiter schürten.

Als die beiden Brüder die Konditorei erreichten, war es noch tiefe Nacht. Übermüdet und wütend stapften sie durch das Gebäude. Sie erkundigten sich beim erstbesten Mitarbeiter nach dem Chef. Aus der Richtung, in die der Gehilfe deutete, ertönte eine lautstarke Stimme, die wenig höflich Arbeitsanweisungen an seine Mitarbeiter richtete.

»Sie! Hey, Sie! Was haben Sie hier zu suchen?« Ein großgewachsener, stämmiger Mann mit Halbglatze und Schnäuzer deutete schon von Weitem auf Leonard in seinem roten Mantel und David. »Nikolaus war gestern, also verschwinden Sie hier.«

»Sind Sie Clemens Brockmann?« Leonard musste an sich halten, sich nicht direkt auf den unsympathischen Typen zu stürzen.

»Wer will das wissen?« Brockmann baute sich vor ihnen auf und bedeutete einer seiner Mitarbeiterinnen mit einem Klaps auf den Hintern, das Weite zu suchen.

Leonards Wut stieg ins Unermessliche, doch bevor er reagieren konnte, fegte David mit einer ausholenden Bewegung eine der Arbeitsplatten leer. Klirrend fiel alles zu Boden. »Na, der Nikolaus, wer denn sonst.«

»Hört zu, ihr zwei Kasper, wenn ihr nicht sofort von hier verschwindet, dann hole ich die …«

»Viktoria Beck. Sagt Ihnen der Name etwas?« Leonard erwartete keine Antwort. »Das sollte er auf jeden Fall.«

»Frau Beck arbeitet nicht mehr hier.« Plötzlich klang die Stimme von Brockmann nicht mehr so selbstsicher und er wich einen Schritt zurück. »Also bitte verlassen Sie das Gebäude.«

Leonard stand zwischenzeitlich nur noch wenige Zentimeter von Brockmann entfernt. Sie blickten sich auf Augenhöhe an. »Wir werden gehen – aber erst, wenn wir miteinander geredet haben. Verstanden.«

In seiner Panik holte Brockmann aus und ließ seine Faust in das Gesicht seines Gegenübers fliegen.

»Nicht schlecht.« Leonard tastete nach seiner Lippe, die aufgeplatzt war und aus der bereits Blut floss. Er sprach bedrohlich ruhig weiter. »Ich gebe dir noch zwei weitere Schläge Vorsprung. Dann bin ich an der Reihe.«

Der zweite Schlag von Brockmann traf Leonards linkes Auge. Beim dritten Schlag verfehlte er das Auge und traf ihn stattdessen auf der Wange. Unbeweglich wie ein Fels trotzte Leonard den Schlägen. Als Brockmann zu einem weiteren panischen Schlag ausholte, fing Leonard dessen Faust in der Luft ab und verdrehte seinen Arm in einen unnatürlichen Winkel. Mit einer flinken Bewegung stellte er ihm ein Bein, drückte Brockmann zur Seite und ließ ihn hart zu Boden gehen.

»Ich rufe die Polizei«, begann der füllige Konditor zu brüllen.

Leonard beugte sich über ihn. »Tu das. Ich bin gespannt, für welche Geschichte sich die Polizei mehr interessieren wird.«

»Was wollen Sie?«

Ruhig und um Fassung bemüht antwortete Leonard: »Ich möchte in deinen Augen die gleiche Angst sehen, die ich in Vickys Augen gesehen habe.«

Blut tropfte auf Brockmanns schneeweißes Hemd.

»Lassen Sie uns in Ruhe darüber reden. Bitte.« Unbeholfen drehte er sich auf die Knie und stand auf. Dabei holte er aus und rammte Leonard seine Faust in den Bauch.

Brockmann hatte auf das Überraschungsmoment gehofft, um flüchten zu können, doch Leonard packte ihn bereits am

Kragen und presste ihn grob gegen eine gefliese Wand der Backstube.

»David halt mich auf, ehe ich mich vergesse.« Leonard strich sich mit dem Hemdsärmel über die Wunde und wischte das Blut weg.

Sofort war David an seiner Seite und packte Brockmann am Nacken. »Komm schon, Dickerchen. Wir sollten an einem ruhigeren Platz weiterreden.« Vorsichtshalber drehte David Brockmanns Arm nach hinten. Es sah beinahe so aus, als würde der erfolgreiche Konditormeister abgeführt werden.

Leonards Blick schweifte derweilen durch die Backstube, wo er von zahlreichen Mitarbeitern angestarrt wurde. Dabei fiel ihm auf, dass keiner von ihnen ihrem Chef zu Hilfe geeilt war.

Unweit von ihm stand die junge Frau, die Brockmann kurz zuvor noch begrapscht hatte. Sie sah verunsichert aus, als wüsste sie nicht, ob sie nun noch mehr Angst vor ihrem Chef haben musste oder ob der Engel in der Not vor ihr stand.

»Er wird dich nicht mehr anfassen, das verspreche ich dir.« Erst, als sie zögernd nickte, verließ er die Backstube und folgte seinem Bruder in einen der Gänge. Der metallische Geschmack von Blut sammelte sich in seinem Mund und er wischte sich erneut mit dem Arm über den Mundwinkel.

David trat gegen die Tür des Hintereingangs und stieß Brockmann hinaus in den kalten und dunklen Dezembermorgen.

»Jetzt bin wohl ich an der Reihe.« Kaum hatte Leonard ausgesprochen und die Hand erhoben, als Brockmann in Deckung ging und über seine eigenen Beine stolperte. Wie ein nasser Sack fiel der preisgekrönte Konditor nach hinten um.

»Nein, bitte. Tun Sie mir nicht weh.«

»Hat es dich denn bis jetzt gekümmert, ob du jemandem wehtust? Hat es dich je interessiert, was du den Frauen mit deinem widerlichen und abscheulichen Verhalten antust?« Leonard war selbst überrascht, wie gefährlich ruhig er zu sprechen vermochte. »Du bist die erbärmlichste und niederträchtigste Kreatur, die mir je begegnet ist, und wenn du jemals wieder einer Frau zu nahe kommst, sie berührst oder auch nur ansiehst, werden wir wiederkommen.« Er beugte sich nach unten und packte Brockmann am Kragen. Der Mistkerl sollte ihm in die Augen sehen, um zu wissen, wie ernst es ihm war. »Wenn du dich Vicky nur einmal näherst oder auch nur an sie denken solltest, wirst du dir wünschen, nie geboren worden zu sein, denn dann werden wir wiederkommen.«

Brockmann schluckte hart und wandte den Blick ab.

»Und jetzt«, er zog Brockmann auf die Beine, »wirst du einen Scheck ausstellen. Und zwar einen, der richtig wehtut.«

Brockmann lachte abfällig. »Die hat es also nur aufs Geld abgesehen, die kleine Schlampe.«

Das war zu viel für Leonard. Mit aller Wucht donnerte er Clemens Brockmann seine Faust ins Gesicht, sodass dieser umgehend zu Boden ging. Das Rauschen der blinden Wut in seinen Ohren übertönte beinahe David, der ihn davon abhielt, Brockmann aufzuziehen und erneut niederzustrecken.

»Tu's nicht, Leo. Das ist der Dreckskerl nicht wert.«

Leonard sah auf seinen Widersacher herab und entdeckte Furcht in dessen Augen. »Denk immer an diesen Augenblick zurück, bevor du es noch einmal wagst, einer Frau zu nahe zu kommen.«

Fünf Minuten später durchquerten die beiden Brüder die Backstube. Als Leonard noch einmal die junge Frau entdeckte, die sich über eine fantasievoll dekorierte dreistöckige Torte beugte, hielt er inne und ging auf sie zu.

»Wenn du irgendwann einmal Hilfe benötigst«, er zog seine Geldbörse hervor und reichte ihr seine Visitenkarte, »zögere nicht, dich bei mir zu melden.«

Unsicher nahm sie die Karte an. »Danke.«

»Tu dir das nicht länger an. Es gibt noch zahlreiche gute Konditoren, die eine kreative Mitarbeiterin«, er deutete auf die Torte, »tatsächlich zu schätzen wissen.«

Sie nickte zögernd und schaute dem blutenden Nikolaus hinterher, der mit seinem Begleiter so schnell verschwand, wie er aufgetaucht war.

*

»Vicky.« Marianne Hofer durchquerte den Salon des Gutshauses und kam Vicky entgegen. »Schön, dass Sie kommen konnten.« Beherzt zog Leonards Mutter sie in ihre Arme.

»Herzlichen Glückwunsch zum Geburtstag, Frau Hofer.« Unsicher erwiderte Vicky die Umarmung. An die Herzlichkeit der Hofers hatte sie sich noch immer nicht gewöhnt.

»Sollten wir nicht langsam auf das lästige *Sie* verzichten? Du gehörst doch schon fast zur Familie.«

Vickys Wangen färbten sich dunkelrot. War es möglich, dass es sich um eine Anspielung auf Leonard handelte?

»Gerne, Marianne.«

»Schön.« Marianne hakte sich unter und führte Vicky beschwingt in das überwältigend große Wohnzimmer. »Die meisten Gäste kennst du sicherlich, oder? Viele von ihnen werden dich vermutlich regelmäßig in der Mühle besuchen. Ich habe deine köstlichen Torten und deine wundervollen Teemischungen jedenfalls tatkräftig angepriesen.«

Der Blick von Vicky streifte durch das geräumige Zimmer, das geschmackvoll eingerichtet und wunderschön dekoriert war. Generell handelte es sich beim Zuhause der Hofers um ein riesiges Anwesen, bei dem das Gutshaus mit der Grünanlage – momentan jedoch schneebedeckt – den zentralen Mittelpunkt bildete. Drum herum standen zahlreiche Stallungen und Scheunen. Unter anderem auch die umgebaute Scheune, die als Eventlocation genutzt und vermietet wurde. Das Haus selbst war so groß, dass man sich beinahe darin verlaufen konnte. Die ganze Einrichtung war stilsicher und freundlich – wie Marianne Hofer.

Unter den Geburtstagsgästen befanden sich tatsächlich viele bekannte Gesichter, die ihr freundlich zunickten. Nur David und Leonard entdeckte sie nirgends.

Ellen winkte ihr fröhlich zu und kam herangeeilt. »Wow, du siehst super aus, Vicky. Das Kleid steht dir ausgezeichnet.«

Für die Feier hatte sich Vicky für ein knielanges grünes Strickkleid und schwarze Stiefel entschieden. Sie wollte weder zu leger noch zu übertrieben gekleidet sein, denn sie wusste nicht so recht, was sie erwarten würde. Doch als sie sich umblickte, wusste sie, dass es die richtige Entscheidung war. Alle waren zurechtgemacht, aber niemand wirkte overdressed. Passend zu einer schönen Feier im Familien- und Freundeskreis.

»Vielen Dank.«

Ellen trug einen braunen Hosenanzug, der sehr vorteilhaft geschnitten war, und ließ ihre langen, blonden Haare offen über den Rücken fallen. »Das Kompliment gebe ich gerne zurück. Du siehst großartig aus.« Vicky wandte sich an Marianne, die ein Etuikleid aus schwarzer Spitze trug, und strich ihr über den Arm. »Doch keine kann Marianne heute das

Wasser reichen. Dieses Kleid ist traumhaft schön und du siehst umwerfend aus.«

»Da hat unsere kleine Zuckerfee recht.« David schlang von hinten die Arme um seine Mutter, drückte sie an sich und hob sie hoch. Marianne schrie überrascht auf. »Du bist die schönste Mutter der ganzen Welt.« Er stellte sie wieder zurück auf den Boden und zog sie in eine Umarmung. »Happy Birthday.«

»Ich danke dir, mein Junge.« Marianne strich über sein Haar und küsste ihn auf die Wange.

»Hattest du das nicht gestern schon an?« Auch Leni gesellte sich zu der munteren Runde. Argwöhnisch kniff sie die Augen zusammen und musterte ihn. »Du riechst auf jeden Fall mal so.«

Bei genauerer Betrachtung stellte auch Vicky fest, dass David wirklich ein wenig mitgenommen aussah, doch eine plötzliche Unruhe im Raum lenkte sie von ihren Gedanken ab. Zunächst konnte sie nicht erkennen, was passiert war, doch dann entdeckte sie inmitten der Gäste Leonard in seinem Nikolauskostüm. Es zerriss ihr beinahe das Herz, ihn derart zugerichtet zu sehen. Sein Auge war angeschwollen und blutunterlaufen. Eine blutige Schramme zierte seine Augenbraue– auch seine Lippe war aufgeplatzt. Sein weißes Oberteil hatte zahlreiche Blutflecke und Vicky musste bereits mit den Tränen kämpfen. Alles in allem bot er einen kläglichen Anblick, würde er nicht fröhlich lächelnd auf sie zukommen.

»Lass mir noch etwas von Mutti übrig.«

»Leonard Hofer. Weshalb siehst du so …«, Marianne begann aufgelöst mit den Händen zu fuchteln, als sie ihn entdeckte, fand aber nicht die richtigen Worte.

»Derangiert? Schrecklich? Furchtbar?«, warf Leonard helfend ein.

»Hast du dich etwa geprügelt?« Die Besorgnis stand Marianne ins Gesicht geschrieben. »Bist du ernsthaft verletzt?«

»Nein. Mach dir bitte keine Sorgen. Mir geht es gut.« Er drängte seinen protestierenden Bruder zur Seite und zog seine Mutter in die Arme. »Herzlichen Glückwunsch zum Geburtstag, Mutti.« Nach einem Kuss auf ihre Wange blickte er entschuldigend auf sie herab. »Ich sollte mich wohl besser erst frisch machen.«

»Ja, das solltest du.« Sie strich ihm liebevoll, wie es nur eine Mutter konnte, über seine unversehrte Wange.

»Nimm deinen Bruder am besten gleich mit.« Leni rümpfte theatralisch die Nase und schnitt David eine herausfordernde Grimasse. Ehe sie sich versah, hatte er sie geschnappt, sie mit Leichtigkeit über seine Schulter gelegt und jegliche ihrer Einwände ignoriert.

»Du brauchst dich jetzt gar nicht zu beschweren. Wer austeilt, muss auch einstecken. Und zur Strafe wirst du mir jetzt den Rücken waschen.«

»Du kannst mir Selbigen vielleicht herunterrutschen. Mehr aber auch nicht.«

David stellte sie wieder zurück auf den Boden, kniff die Augen zusammen und funkelte sie an. »Morgen Mittag. Zwölf Uhr. Nur du und ich. Und jede Menge Schnee.«

»Bin dabei. Wettrodeln oder Schneeballschlacht?«

»Beides.«

»In Ordnung. Aber geh jetzt endlich duschen! Du stinkst.«

Aus Protest zog er sie in seine Arme, drückte sie kräftig an sich und verstrubbelte ihre Haare. Dann küsste er sie grinsend auf die Wange und ging.

Schmunzelnd wandten sich die Gäste wieder ihren Gesprächen zu, während Vicky darüber sinnierte, ob David und Leni überhaupt bewusst war, was für ein entzückendes Pärchen sie abgeben würden.

»Soll ich Doktor Maier anrufen, damit er sich die Wunden noch anschaut? Vielleicht muss das ja genäht werden.« Ellen zeigte sich besorgt über den Zustand ihres Bruders. »Was ist denn überhaupt passiert?«

Das wollte Vicky auch gerne wissen. Leonard steckte noch immer in denselben Kleidungsstücken, die er getragen hatte, als er am Abend zuvor ihre Wohnung verlassen hatte. Vermutlich hatte er noch nicht einmal geschlafen. Die Nacht zuvor hatte er doch auch nicht geschlafen? Bei der Erinnerung an jenen Morgen begannen ihre Wangen zu glühen. Sie war an seiner nackten Brust aufgewacht. In exakt diesem Augenblick trafen sich ihre Blicke. Ihr Herz begann aufgeregt in ihrer Brust zu hämmern. Am liebsten hätte sie sich an ihn geschmiegt und seine Wunden gestreichelt, bis sie verheilt waren. Aber was um Himmels willen war nur passiert?

»Danke. Aber ein Pflaster ist vollkommen ausreichend.«

Auf die Frage, was geschehen war, schien er absichtlich nicht einzugehen, stellte Vicky fest.

»Entschuldigt mich bitte. Ich werde mich wohl auch besser mal frisch machen.« Mit einem Kuss auf Mariannes Schläfe stahl er sich davon.

Während die beiden Brüder verschwunden waren, fragte sich Vicky die ganze Zeit, was wohl passiert war und wer Leonard derart zugerichtet hatte. Ob es womöglich dieser Hannes war? Handelte es sich um ein Eifersuchtsdrama? Oder welche Gründe könnte es noch gegeben haben? Irgendetwas kam ihr mächtig seltsam vor.

Das Büfett war zwischenzeitlich aufgebaut und die Gäste machten sich über die zahlreichen Leckereien her. Es dauerte beinahe eine Stunde, bis Leonard und David wieder zu ihnen stießen. Beide trugen jetzt Anzughosen und weiße Hemden. Vicky kam nicht umhin festzustellen, wie attraktiv die beiden Brüder waren. Jeder auf seine Art, und Leonard auf eine ganz spezielle. Seine Frisur saß mittlerweile wieder perfekt. Sein Gesicht war glattrasiert, und er roch wieder angenehm nach Wald und Seife. Allein das beschleunigte schon Vickys Puls. Einzig seine Verletzungen und ein großes Pflaster an seinem Auge zeugten noch von der Auseinandersetzung, von der keiner wusste, wie es dazu gekommen war.

Während Leni, Ellen und Vicky beieinanderstanden, beobachteten sie die beiden dabei, wie sie Unmengen an Häppchen in sie hineinstopften. Wo immer sie auch gewesen waren, dort hatte es allem Anschein nach nichts zu essen gegeben. Mit voll beladenen Tellern schlossen sie sich der Dreier-Damen-Runde an.

»Mmh.« David deutete auf eine der Teigtaschen. »Hast du die gemacht?« Gemeint war Leni, die zufrieden nickte und an ihrem Weißwein nippte. »Lecker.«

»Die sind wirklich klasse.« Leonard stimmte bei und erkundigte sich bei Vicky: »Hast du sie auch schon probiert?«

»Ja. Wirklich köstlich.« War es möglich, dass sie sich so sehr darüber freuen konnte, von ihm angesprochen zu werden?

Er sah sie hungrig an. Sein Blick glitt an ihr herab, und allein der Gedanke, dass er in diesem Augenblick nicht ausschließlich an Häppchen dachte, trieb ihren Puls in die Höhe.

»Gibt es eigentlich schon Geburtstagskuchen?« David streckte sich und sah sich auf dem Büfett um.

»Nein. Außerdem musst du dir dein Stück vorher erst verdienen.« Ellen sah in die Runde. »Ihr alle solltet euch so langsam euer Stück verdienen gehen.«

*

»Du hast recht.« Leonard, der wusste, worauf seine Schwester anspielte, stellte den leeren Teller zurück auf den Tisch. Er griff nach Lenis Hand und zog sie hinter sich her.

Jedes Jahr freute er sich auf das besondere Ständchen für seine Mutter und auf ihren traditionellen Tanz. War es doch seit dem Tod des Vaters zu ihrem kleinen Ritual geworden. Jedes Jahr schenkten er und David ihrer Mutter eine musikalische Erinnerung. Dieses Mal war es die Erinnerung an das erste gemeinsame Weihnachten, das ihre Eltern miteinander verbracht hatten und mit dem Marianne ein ganz besonderes Lied verband.

Aber noch viel mehr freute er sich auf Vicky. Wenn der offizielle Teil vorüber war, würde er endlich ungestört mit ihr reden können und sie ganz für sich beanspruchen.

Leonard blinzelte Vicky zu, als er mit Leni zum Flügel ging, der in der Ecke des Raumes stand. Er nahm Platz und wartete, bis Leni ihm signalisierte, dass sie bereit war.

Als die ersten Töne erklangen, wandte sich die Geburtstagsgesellschaft in freudiger Erwartung den beiden zu und lauschte andächtig. David hatte den Arm um Marianne gelegt, Ellen hatte sie an der Hand genommen.

Als David Leonard schließlich am Piano ablöste und Leonard seine Mutter zum Tanz aufforderte, jubelten die Geburtstagsgäste. Marianne ließ sich von ihrem Sohn führen und strahlte, als er sich mit ihr zu drehen begann.

Nachdem Lenis letzte einfühlsame Töne verklungen waren und Marianne in Davids Schlussakkord noch einmal von Leonard in eine Drehung geführt wurde, brach begeisterter Applaus aus. Ohne lange zu zögern, stimmten David und Leni ein weiteres Lied an und animierten ihre Freunde zu tanzen.

»Hast du etwas dagegen, wenn ich abklatsche?« Frank Lindner gesellte sich zu Mutter und Sohn, die in enger Umarmung beieinanderstanden. Während seine Frage an Leonard gerichtet war, konnte er jedoch seine Augen nicht von Marianne lassen.

Leonard schmunzelte darüber. Er blickte auf und schaute sich suchend nach Vicky um, die eben durch die Tür verschwand. »Nur ausnahmsweise und nur weil du es bist.« Er küsste seiner Mutter die Stirn und klopfte Frank auf die Schulter. Dann folgte er Vicky nach draußen.

Sie hatte eben ihren Wintermantel übergezogen und trat an die Haustür.

»Gehst du schon?« In seiner Stimme lag Enttäuschung.

Die Hand fest am Türgriff drehte sie sich zu ihm um. »Wäre das so schlimm?«

Mit nur wenigen Schritten hatte er sie erreicht. »Bitte.« Seine Hände umschlossen ihr Gesicht und seine Lippen suchten ihre. »Geh noch nicht.«

»Ich wollte nur die Geburtstagstorte holen. Sie ist noch in meinem Auto.«

»Mhm«, brummte er und presste seine Lippen ungeduldig auf ihre. Ein kurzer Schmerz ließ ihn zusammenzucken. Er griff automatisch an seine Lippe, die sofort zu bluten begann.

»Vorsicht, dein Hemd.« Vicky zog hastig ein Papiertaschentuch aus ihrer Manteltasche hervor und presste es an seinen Mundwinkel. »Möchtest du nicht doch besser zu einem Arzt?«

»Mir geht es gut. Vor allem, seit ich weiß, dass du nur den Kuchen holen wolltest.« Er streichelte ihre Wange. »Darf ich dir dabei helfen?«

»Nur, wenn du mir erzählst, was mit deinem Gesicht passiert ist«, foppte sie ihn. Mit seiner plötzlich ernsten Miene hatten sie jedoch nicht gerechnet.

»Können wir vielleicht später darüber reden?« Er senkte den Blick, denn er wusste nicht, wie Vicky auf sein Aufeinandertreffen mit Brockmann reagieren würde.

»Natürlich.« Unsicher trat sie einen Schritt zurück und entfernte das Papiertaschentuch. »Das mit dem Kuchen schaffe ich auch alleine. Du solltest dir jetzt erst einmal einen kalten Lappen auf die Wunde legen.« Sie zwang sich zu einem Lächeln, öffnete die Tür und verschwand in die dunkle Dezembernacht.

*

Vicky ging nachdenklich zu ihrem Wagen. Sie hatte noch immer die Melodie im Ohr und fragte sich, ob sie einmal mit einer ebenso glücklichen und harmonischen Familie gesegnet sein würde.

Würden sie und Leonard eine gemeinsame Zukunft haben? Was empfand er für sie? Was empfand sie für ihn? In seiner Gegenwart fühlt sie sich so sicher und geborgen. Aber ebenso musste sie sich eingestehen, dass dies nicht die einzigen Empfindungen für ihn waren. Sie fühlte sich magisch von ihm angezogen und spürte ein sehnsüchtiges Verlangen. Ihre Gedanken kreisten ständig um diesen Mann.

Doch etwas stand plötzlich zwischen ihnen. Er verbarg etwas vor ihr, und sie spürte es.

Sie erreichte ihren Wagen, öffnete die Heckklappe ihres Caddys und zog eine Transportkiste zu sich.

»Warte, Vicky«, rief ihr Ellen aus einigen Metern Entfernung zu. »Ich helfe dir.«

Die Kiste war zwar ein wenig unhandlich, doch nicht sonderlich schwer, und so hatte Vicky sie bereits auf dem Boden abgestellt, bis Ellen sie erreichte.

»Nun, wo soll ich anpacken?«

»Würdest du den Karton tragen?« Vicky deutete auf eine große Schachtel.

»Was um alles in der Welt hast du da nur gezaubert? Darf ich reinschauen?«

Vicky lächelte und nickte. Sofort hob Ellen den Deckel der Schachtel an und entdeckte eine Vielzahl an wundervoll dekorierten Cupcakes, jeder liebevoll mit einem großen Zimtstern verziert. »Die sehen herrlich aus.« Kurz darauf öffnete sie die Transportkiste auf dem Boden. Zum Vorschein kam eine zweistöckige Kuchen-Etagere mit einer grandiosen Zimtsterntorte auf dem unteren Boden.

»Ich dachte, weil Marianne Zimtsterne doch so sehr liebt, könnte das passen. Und da ich nicht wusste, wie viele Gäste sie erwartet, habe ich für die obere Etage noch ein paar Cupcakes gebacken. Meinst du, sie wird sich freuen?«

»Freuen? Mutti wird dich adoptieren wollen, wenn sie das sieht.« Ellen blickte noch einmal auf die gebackenen Köstlichkeiten und grinste süffisant. »Und David wird um deine Hand anhalten.«

»Na, ob Leni das recht wäre?«, feixte Vicky.

Ellen schmunzelte ebenfalls und verschloss die Box wieder. »Am besten bringen wir alles in die Küche. Dann können wir die obere Platte gleich befüllen.« Sie nahm die große Schachtel an sich und wartete, bis Vicky die Türen wieder verschlossen hatte. Dann gingen sie zurück ins Haus und auf dem direkten Weg in die Küche.

Im Hausflur kam ihnen Leonard entgegen, der einen kalten

Lappen an seinen Mundwinkel presste.

»Leo, du wirst ausflippen, wenn du Vickys Meisterwerk siehst. Ich habe noch nie etwas derart Leckeres gesehen.«

Die Begeisterung, mit der Ellen über Vickys Kuchen sprach, trieb ihr verlegene Röte ins Gesicht.

»Übertreibst du da nicht ein wenig?«

»Ich könnte ja mal einen Blick wagen. Es wäre ein Leichtes für mich, festzustellen, ob Ellen die Wahrheit sagt.« Leonard nahm den Lappen von seinem Gesicht und wollte in die Schachtel blicken, als Ellen sie zurückzog.

»Du darfst reinschauen, aber erst, wenn du mir sagst, was David und du in Frankfurt gemacht habt?«

Frankfurt. Leonard war in Frankfurt. Leonard und David waren in Frankfurt. Die Information drang mehr und mehr zu Vicky durch. Er war in Frankfurt gewesen! In ihren Ohren begann es zu rauschen, und ihre Umgebung rückte in weite Ferne.

Ohne Leonard anzusehen, drückte Vicky ihm die Styroporkiste in die Hand, drehte sich um und ging. Er rief ihren Namen und wollte ihr folgen, doch sie deutete ihm mit einer Handbewegung, stehen zu bleiben. Wenige Augenblicke später war zu hören, wie die Haustür ins Schloss fiel.

SIEBEN

Vicky saß nachdenklich auf der Bank in ihrer Backstube. Der Laden war bereits geschlossen und ihre Mitarbeiterinnen hatten schon Feierabend. Sorgenvoll hing sie ihren Gedanken nach.

Hatte sich Leonard tatsächlich mit Brockmann geprügelt? Würde Brockmann ihn anzeigen? Oh Gott! Was hatte Leonard da nur getan? Brockmann war ein einflussreicher Mann. Dieses unüberlegte Verhalten könnte ihn noch teuer zu stehen kommen – und das alles nur wegen ihr. Warum hatte sie ihm auch davon erzählt.

Sie hörte eine leises »Klopf, klopf« und fuhr überrascht auf. David stand unter der Tür und hob beschwichtigend die Hände.

»Entschuldige bitte, ich wollte dich nicht erschrecken«, er deutete zum Eingang, »aber die Tür war nicht abgeschlossen und du hast auf mein Klopfen nicht reagiert. Darf ich reinkommen?«

Besorgt sah er sie an.

Kaum hatte er ihr zaghaftes Nicken wahrgenommen, steuerte er auf sie zu und nahm neben ihr Platz.

»Was ist passiert?«, fragte sie ihn nach einer Weile leise.

»Die Highlights oder die ganze Geschichte?«

Sie wandte sich zu David. »Alles.«

David erzählte ihr die ganze Geschichte, beginnend mit Leonards überraschendem Auftauchen bei Leni. Sein Ausbruch auf dem Parkplatz, die lange Fahrt nach Frankfurt. Das Aufeinandertreffen mit Brockmann. Die Schläge, die Leonard von Brockmann eingesteckt hatte. Das Gespräch im Hinterhof. Der Schlag, mit dem Leonard Brockmann niederstreckte, und der Scheck.

»Und um es vorwegzunehmen, ich werde mit niemandem darüber sprechen. Ehrenwort.« David zog Vicky grinsend an sich und verstrubbelte ihr Haar. »Und ich werde mich dir gegenüber auch nicht anders verhalten als bisher. Es sei denn, ich bekomme keine Cookies mehr.«

Als sie zum ersten Mal lächelte, setzte er noch nach: »Mein Geburtstag ist übrigens am 19. Juni, und ich möchte die gleiche Torte, wie Mutti sie bekommen hat.«

»Einen Zimtstern?«, fragte Vicky ungläubig.

»Ja.«

»Am 19. Juni?«

»Ja.«

Sie schüttelte verständnislos den Kopf, lachte jedoch. »Wenn es weiter nichts ist.«

»Doch. Da wäre noch etwas.«

Vicky hob den Kopf, sie war sofort in Alarmbereitschaft.

»Gib Leo eine Chance. Der trottelige Kerl ist nämlich bis über beide Ohren in dich verliebt, und wenn …«

Ein lautstarkes Räuspern unterbrach Davids Redeschwall und Vickys Herz blieb abrupt stehen, als sie Leonard an der Tür entdeckte. War er schon die ganze Zeit hier gewesen?

»Meinst du nicht, ich sollte Vicky wenigstens die Liebeserklärung selbst machen, wenn du schon den Rest erzählt hast?«

»Bitte, wenn du unbedingt willst«, zog David ihn auf, verschränkte die Arme vor der Brust und lehnte sich zurück. Als Leonard nicht zu reden begann, warf er neckend ein: »Soll ich jetzt etwa auch noch draußen warten?«

»Nein, du bleibst hier.« Vicky hielt David an seinem Arm fest, als er aufstehen wollte. »Dein Bruder hat dich vorgeschickt, um mit mir zu reden und alles aufzuklären. Und jetzt sollst du plötzlich verschwinden? Das kann er sich abschminken.« Oh ja, Leonard sollte ruhig ein wenig dafür leiden und begründen, weshalb nicht er, sondern David ihr die ganze Angelegenheit erklären musste. Und erst dann – ihr Herz pochte bereits aufgeregt – wollte sie seine angekündigte Liebeserklärung hören.

David lehnte sich zu ihr und flüsterte: »Er hat mich nicht vorgeschickt, ich habe ihn hierher verschleppt. Der Ärmste ist derart verknallt«, er zog grinsend die Schulter nach oben. »Ich konnte unmöglich riskieren, dass er sich hier um Kopf und Kragen redet. Dass du vorhin einfach gegangen bist, hat ihn völlig aus der Bahn geworfen. Nicht ein brauchbarer Satz kam seitdem über seine Lippen. Hätte er sich noch länger die Haare gerauft, hätte er bald keine mehr auf dem Kopf.« Er sah kurz zu seinem Bruder, dann wieder zu Vicky. »Ich hoffe, den Rest bekommt er ohne mich hin. Auf mich wartet nämlich ein riesiges Stück Geburtstagstorte.« Er wollte sie zum Abschied auf die Wange küssen, als sich Leonard erneut räusperte.

»Echt jetzt?« Lachend stand David auf und kam auf seinen Bruder zu.

»Wenn du das mit Vicky vermasselst, trete ich dir mit Anlauf in deinen ...«

»Geh endlich!« Auch Leonard lächelte und zeigte damit noch einmal seine Dankbarkeit für die Loyalität seines Bruders.

Als er hörte, wie die Eingangstür ins Schloss fiel, wagte er endlich, die ersten Schritte auf Vicky zuzugehen. Doch sie hob sofort die Hand und bat ihn mit dieser einfachen Geste, stehen zu bleiben.

Wie er so hilflos vor ihr stand, tat er ihr bereits unendlich leid. Aber da gab es noch ein paar Dinge, die geklärt und gesagt werden mussten. »Das war ziemlich dumm, was du da gemacht hast.«

Er wollte etwas erwidern, wurde aber von einer neuerlichen Geste von ihr unterbrochen.

»Warum hast du das getan? Was, wenn er dich anzeigt?« Sie seufzte und senkte den Blick. »Es hätte weiß Gott was passieren können. Sieh doch nur, wie du zugerichtet wurdest.« Tränen brannten in ihren Augen.

Schuldbewusst kam er auf sie zu und ging in die Hocke. Seine Hände legte er auf ihre und seine Stirn ruhte an ihrer.

»Du brauchst keine Angst haben, denn es wird keine Anzeige geben. Glaub mir.«

Er führte die zahlreichen Argumente, die gegen eine Anzeige sprachen, nicht auf, denn er wollte sich in diesem Thema nicht verlieren – es gab Wichtigeres, worum er sich kümmern wollte. »Kein Schlag schmerzte so sehr, wie in deine angsterfüllten Augen zu blicken, als du mir erzählt hast, was du durchgemacht hast.«

Mit ernster Miene wich sie zurück und schaute ihm in die Augen. »Endlich jemandem offen davon zu erzählen, hat sich für mich wie ein Befreiungsschlag angefühlt. Ich habe dir vertraut.«

Schuldbewusst neigte er den Kopf und schluckte hart.

»Und das tue ich immer noch.« Sie hörte, wie er erleichtert ausatmete. »Aber zu wissen, dass ich Schuld an deinen Verletzungen trage, zerreißt mir das Herz.«

»Daran trage ich ganz allein die Schuld.« Vorsichtig nahm er ihre Hand, hauchte ihr einen Kuss auf die Innenfläche und legte sie dann auf seine glühend heiße Wange, die er umgehend darin barg. »Bist du böse auf mich?«

»Ich war doch nicht böse mit dir«, stellte sie ruhig fest, entzog ihm jedoch ihre Hand und stand auf. »Ich war aufgewühlt und überfordert. Doch jetzt«, sie sah befreit aus dem Fenster, »weiß ich, dass alles gut wird und eine wundervolle Zukunft vor mir liegt.« Glücklich sah sie zu ihm und lächelte das erste Mal wieder. »Also vielen Dank, dass du für mich da warst.«

Leonard erhob sich langsam. Ihm war nicht entgangen, dass Vicky in der Vergangenheit sprach. »Dann war's das jetzt also mit uns?«

Sie schalt sich selbst dafür, ihn derart hinters Licht zu führen, doch sie konnte nicht widerstehen. Er hatte von einer Liebeserklärung gesprochen, und bis sie diese nicht endlich zu hören bekam, würde sie es nicht leid sein, ihn ein wenig aufzuziehen. »Nicht ganz. Mich würde noch interessieren, was ihr mit dem Scheck gemacht habt?«

»Der Scheck?«, fragte er enttäuscht.

»Ja.«

Nun war er definitiv niedergeschlagen.

»Wir sind zum Krankenhaus gefahren und haben ihn anonym auf der Kinderkrebsstation abgegeben.«

»Wirklich?« Vicky war gerührt. Während er nickte, schlang sie ihre Arme um ihn und drückte ihn. »Das ist großartig.«

Sie löste sich von ihm, trat einen Schritt zurück und lehnte sich gegen den großen Arbeitstisch, während Leonard beklommen im Raum stand.

Nachdem er weiterhin in seiner Lethargie versunken zu sein schien, schüttelte Vicky lächelnd den Kopf. »Erinnere mich bitte daran, dass ich noch mit David sprechen muss.«

»Mit David?« Alarmiert hob er den Kopf.

»Ja.« Da Leonard noch immer keine Initiative zeigte, atmete Vicky resigniert aus. »Er wird sich totlachen, wenn ich ihm erzähle, wie sein Bruder es beinahe vermasselt hätte.«

Sofort veränderten sich seine Gesichtszüge. »Du … ich … Hast du mich etwa gerade hochgenommen?« Sein Finger deutete mahnend auf sie, doch sein Gesicht begann zu strahlen. »Ich … Wir … Also …«

»Und wenn ich ihm dann noch erzähle, wie hilflos du hier vor dich hin gestammelt …«

Sie quiekte auf, als Leonard sie kurzerhand hochhob. »Ein Wort zu David, und ich werde mich an dir rächen«, drohte er. »Du weißt, wir Hofers lösen unsere Probleme stets auf die harte Tour – und zwar im Schnee.«

Er setzte sich mit ihr in Bewegung. Erst, als er den Türknauf in der Hand hielt, lenkte Vicky ein.

»Gnade!«, flehte sie lachend. »Du bekommst auch ein ganzes Blech voll Kekse.«

Er hielt inne. »Versprochen?«

»Ja.«

»Sicher?«

Sie lachte. »Ganz sicher. Lässt du mich jetzt runter?«

Leonard lockerte seinen Griff und Vicky glitt langsam an ihm herab. Als sie dabei ihre Beine um seine Hüften schlang, zog er überrascht und fragend die Augenbrauen nach oben.

Er sah ihr in die Augen. »Du wirst es ihm verraten, stimmt's?«

Sie neigte sich nach vorne und lächelte verschmitzt.

»Ich bin auch bestechlich.«

»Mit Keksen?«

Sie schüttelte den Kopf.

»Mit toten Wildschweinen?«

Die Grimasse, die er dabei zog, ließ Vicky herzhaft auflachen. »Nein, bestimmt nicht.«

»Hm.« Er tippte sich gegen die Stirn, als müsste er ernsthaft darüber nachdenken, kam ihr dabei aber immer näher. Seine Lippen streiften sacht ihren Mund. »Gibst du mir einen Tipp?«

»Es ist groß.«

Er nickte und küsste sie flüchtig.

»Rot.«

Erneut ein Kuss.

»Einfühlsam und anständig.«

Sie hätte sich am liebsten in seinem Blick verloren.

»Überlebenswichtig.«

Er nahm ihre Hand und legte sie auf sein wild pochendes Herz.

»Und mein sehnlichster Wunsch.«

»Es gehört dir schon längst«, flüsterte er und küsste sie.

Sie erwiderte den Kuss, den er ihr schenkte und in dem mehr Liebe und Vertrauen steckte, als sie sich jemals erträumt hatte.

EPILOG

Die Scheune der Hofers war wundervoll dekoriert und erstrahlte in weihnachtlichem Glanz. Die Stimmung im Raum war herrlich beschwingt. Jeder schien glücklich und zufrieden. Vor allem die Kinder schwelgten in begeisterter Vorfreude auf die bevorstehenden Weihnachtsfeiertage. Die Hofers hatten nicht zu viel versprochen.

Vicky lehnte sich gegen einen Pfeiler und lauschte den Weihnachtsliedern, die vom Kinderchor vorgetragen wurden. Sie war ein wenig melancholisch, da sie ihre geplante Reise zu ihren Eltern nicht antreten konnte. Nun ja, nicht direkt melancholisch – sie bedauerte es zwar sehr, blickte aber gleichzeitig freudig den bevorstehenden Tagen entgegen, in denen sie die Zeit mit Leonard genießen durfte.

Sie hatte nur achtundvierzig Stunden Zeit, bis sie sich wieder ihrer Backstube widmen musste. Die Reise zu ihren Eltern wäre daher mehr Stress als Erholung gewesen. Und eine kurze Erholungspause hatte sie nach den letzten Monaten dringend nötig, auch wenn sie die beiden vermisste.

Ungeduldig blickte sie auf ihre Uhr und schaute sich nach

Leonard um. Der erste Teil des Abends war schon beinahe vorüber, und er war noch nicht aufgetaucht. Wo steckte er nur?

David und Leni gesellten sich kurz vor ihrem Auftritt zu ihr. »Wo hast du denn unseren verliebten Gockel gelassen?« David strahlte Vicky mit einem breiten und neckenden Grinsen an.

Leni stieß ihn empört gegen den Arm. »Sei nicht immer so frech. Die beiden sind noch frisch verliebt. Irgendwann wird es dich erwischen, und willst du dann von allen aufgezogen werden?«

»Das wird mir sicherlich nicht passieren«, sprach er immer noch leise, »denn ich habe doch die Frau fürs Leben schon gefunden.« Er zog eine amüsierte Schnute und verstrubbelte Lenis Haar. »Nicht wahr?« Er küsste sie auf die Wange und stellte fest. »Ich heirate einfach dich, dann sparen wir uns die ganze Gefühlsduselei und den ganzen Liebesmist.«

»Ja, genau. Davon träumt ein Mädchen.« Leni verdrehte die Augen, woraufhin Vicky amüsiert zu lachen begann.

»Irgendwann werdet ihr zwei bis über beide Ohren verliebt sein, und David …«, Vicky lächelte wissend, »dann wirst du es verstehen.«

»Was werde ich dann verstehen?«

Als sie der Duft von Wald und Seife in der Nase kitzelte, nahmen ihre Augen einen verträumten Blick an. Ihr Herz begann aufgeregt zu pochen. »Was Liebe tatsächlich bedeutet.«

»Ganz richtig, Kleiner«, erklang direkt hinter ihr Leonards tiefe Stimme, die ihr einen Schauder verursachte. »Glaub dieser hinreißenden Frau, was sie sagt.« Er schlang seine Arme um ihre Taille und küsste ihren Hals.

»Kann es sein«, David deutete hinter Leonard, »dass ich gerade dein Weihnachtsgeschenk für Vicky entdeckt habe?«

»Mein Weihnachtsgeschenk?«, entfuhr es Vicky aufgeregt.

Er hatte ein Geschenk für sie besorgt. Aber weshalb brachte er es hierher in die Scheune mit? Sie hatte ihr Geschenk – eine mit Cookies gefüllte Plätzchendose, die sie mit Schnappschüssen von ihnen beiden verziert hatte – unter dem Weihnachtsbaum in ihrem Wohnzimmer liegen. Als sie sich zu Leonard umdrehen wollte, hinderte er sie daran.

»Ja, dein Weihnachtsgeschenk. Wenigstens ein Teil davon.« Er klang amüsiert, was unter dem einsetzenden Applaus der Zuhörer für die Darbietung der Kinder völlig unterging.

»Wir müssen jetzt gehen.« David legte Leni die Hände auf die Schultern. »Wir sind als Nächstes dran.«

»Ach, da seid ihr ja.« Frank Lindner kam auf David und Leni zu. »Wir haben euch schon gesucht. Ihr seid doch gleich dran. Die Kinder singen nur noch eine Zugabe.«

»Wir kommen schon, Paps.« Leni befreite sich aus Davids Griff, hakte einen Arm bei ihm unter und zog ihn mit sich. Vicky und Leonard rief sie freundlich ein »Bis später« zu, während sie David in die Seite stieß. »Trödle nicht.«

»Frank Lindner ist Lenis Vater?« Mit leicht schiefem Kopf blickte Vicky zu Leonard. »Das wusste ich ja gar nicht.«

»Ach nein? Dabei ist die Familie doch so wichtig.«

Sie schien seine Anspielung überhört zu haben.

»Was amüsiert dich eigentlich so?« Sie erschrak kurz, als Leonard den Griff um ihre Taille verstärkte. In kurzen Schritten begann er, sich mit ihr zu drehen. Sie wusste, gleich würde sie das angekündigte Weihnachtsgeschenk entdecken. Ihr Blick suchte die umherstehenden Tische nach einem Geschenk ab. Sie entdeckte jedoch keines.

»Ich sehe gar kein Ge…« Nein, sie sah kein Geschenk. Stattdessen standen, von Marianne und Ellen flankiert, ihre Eltern nur wenige Meter von ihr entfernt.

Leonard löste seine Umarmung, damit sie zu ihnen gehen konnte. Doch Vicky blieb fassungslos stehen. Sie blickte in die freudestrahlenden Augen ihrer Eltern und ihr Vater gab ihr mit einer kleinen Geste zu verstehen, wem sie diese Überraschung zu verdanken hatte.

»Oh mein Gott.« Ungläubig drehte sie sich zu ihm um. Tränen der Rührung brannten in ihren Augen. »Sie sind hier.«

»Frohe Weihnachten«, flüsterte er.

Sie stürmte zu ihren Eltern und fiel ihnen um den Hals. Erst als sie sich sicher war, dass sie nicht träumte, drehte sie sich wieder zu Leonard um. Sie küsste ihn und hätte am liebsten nicht mehr damit aufgehört.

»Danke. Danke. Danke.«

Während von der Bühne Lenis Stimme und Davids Gitarrenakkorde erklangen, blieben ihre Blicke ineinander verschlungen und jeder von ihnen bestätigte dem anderen ohne Worte ›Alles, was ich mir je zu Weihnachten gewünscht habe, bist du‹.

DANKESCHÖN

Danke an …

… meine wunderbare Lektorin Dorothea Kenneweg, für die tolle Zusammenarbeit, ihre aufmunternden und motivierenden Worte und ihre hilfreichen Tipps und Ratschläge.

… Torsten Sohrmann von Buchgewand, der wieder einmal ein wunderschönes Cover für mich gezaubert hat. Danke.

… meine Schwester, die mit einer unglaublichen Geduld immer und immer wieder meine Bücher Probelesen darf. Dass sie für mich da ist und mich darin bestärkt, meine Geschichten auch weiterhin zu veröffentlichen.

…euch, meine lieben Leser und Leserinnen. Ich freue mich so sehr, dass ihr euch für meine Geschichte interessiert und ich euch für ein paar Minuten aus dem Alltag reißen darf, um mit mir gemeinsam zu träumen. Vielen Dank!

MEHR VON FINNY LUDWIG

Wenn du mehr von mir, meinen Büchern und meinen neuesten Projekten erfahren möchtest, lade ich dich herzlich ein, mich auf meiner Website zu besuchen:
www.finny-ludwig.de.

Melde dich auf der Website für meinen **Newsletter** an und verpasse zukünftig keine Neuigkeiten mehr von mir.

Du möchtest mir schreiben? Du hast Fragen an mich?
Du erreichst mich unter **info@finny-ludwig.de**

Alle aktuellen News findest du auch hier …
Facebook: Finny Ludwig Autorin
Instagram: @FinnyLudwig
Lovelybooks: Finny Ludwig

Dir hat die Geschichte von Vicky & Leonard gefallen?
Dann würde ich mich sehr freuen, wenn du mir eine Bewertung schenken würdest.

ROMANE VON FINNY LUDWIG

Kekse Küsse Mühlenzauber (Sweet Kiss 1)
ISBN: 978-3-75042-346-6

Freunde Küsse Liebeszauber (Sweet Kiss 2)
ISBN: 978-3-75260-550-1

Baustelle: Liebe! Ein Tor auf Umwegen
ISBN: 978-3-74948-255-9

Single Hike – Ein Hinterwäldler zum Küssen
ISBN: 978-3-75197-866-8

Heartwell Tales – Deal oder Liebe
ISBN: 978-3-75340-501-8

Heartwell Tales – Rache oder Liebe
ISBN: 978-3-75347-259-1

All for Love – Lisa & Sam
ISBN: 978-3-75433-919-0